世界少年经典文学丛书

蜗牛和玫瑰树

[丹]安徒生 著
徐 岩 编译

中国出版集团 现代出版社

图书在版编目(CIP)数据

蜗牛和玫瑰树 /（丹）安徒生（Andersen,H. C.）著；徐岩编译. —北京：现代出版社，2013.2

ISBN 978 - 7 - 5143 - 1271 - 3

Ⅰ. ①蜗… Ⅱ. ①安… ②徐… Ⅲ. ①童话 - 丹麦 - 近代 - 缩写 Ⅳ. ①I534.88

中国版本图书馆 CIP 数据核字（2013）第 022109 号

作　　者 安徒生
责任编辑 李　鹏
出版发行 现代出版社
通讯地址 北京市安定门外安华里 504 号
邮政编码 100011
电　　话 010 - 64267325　64245264(传真)
网　　址 www. xdcbs. com
电子邮箱 xiandai@ cnpitc. com. cn
印　　刷 三河市嵩川印刷有限公司
开　　本 700mm × 1000mm　1/16
印　　张 9
版　　次 2013 年 2 月第 1 版　2021 年 8 月第 3 次印刷
书　　号 ISBN 978 - 7 - 5143 - 1271 - 3
定　　价 29.80 元

序　言

孩子是未来的希望，是父母心中的天使，是充满快乐的精灵。小学阶段更是孩子最快乐的时光，是孩子成长发育的黄金阶段。为了让孩子学习更多的课外知识，享受更加丰富的学习乐趣，我们策划了本丛书！

从小让孩子多读课外书，对培养孩子健康的心态和正确的人生观无疑将起着非常重要的作用。自《语文课程标准》公布以来，不少富有敬业精神、有才干的教师，在他们的教学中，担当起阅读教育的重担。他们在严谨的选材中，利用丰富的文学资源，向学生推荐了大量优秀的课外读物，实施了以“练成阅读和作文的熟练技能”为重要内容的阅读教育。大千世界充满了丰富的知识。阅读能丰富小学生的语文知识，增强阅读能力，提高写作水平，开阔视野，增长智慧。阅读本丛书，能够使孩子享受到阅读的快乐，激发起更浓厚的阅读兴趣，孩子的生活将充满新的活力与幸福！本丛书精选了世界名著和中国经典书目中流传最广、影响最大、最脍炙人口的作品，是培养小学生理解能力、记忆能力、创造能力的最佳课外读物。

最后需要指出的是，本丛书把世界上流传甚广的经典童话、寓言等也尽收其中，并将这些文学作品重新编写审订，使作品在不影响原著的基础上更适合少年儿童阅读，在丰富他们课余生活的同时提高语言和文字表达能力。本丛书通过科学简明的体例、丰富精美的图片等有机结合，使小读者不仅能直观地领略作品的精髓，而且还能获得更为广阔的文化视野和愉快体验。希望本丛书能成为孩子生活的一缕阳光照亮孩子前进的道路，能成为一丝雨露滋润孩子纯净的心灵。

编　者

前言

目　录

蜗牛和玫瑰树

令人惊奇的是，花园四周有一道榛树篱笆，就在树篱外面是一望无际美丽的田野和一望无际的大草原，田野和草原上牛羊成群。花园中间种植着一棵已经开花、发芽，长势喜人的玫瑰树，树下有一只小蜗牛，它自己的壳在它看来是又大又宽敞，而它就住在那里面。

“等时机一到，”蜗牛说，“我就要胜过玫瑰花，结出榛子，产各种甜美好喝的牛奶羊奶，总之做许许多多美好的事情。”

“我对你抱的希望非常大啊，”玫瑰树说，“但是，叫人怀疑的是，你这些愿望什么时候才能兑现呢？”

“我必须等我的时机到来的时候，”蜗牛说，“你始终如此的急躁，急又有什么用呢？”

第二年，蜗牛依然还是躺在了老地方，就像以前那样懒洋洋地在玫瑰树下晒起了太阳，过得怡然自得。玫瑰树又长出了漂亮的花苞，开出了令人感到着迷和无限欢喜的玫瑰花，它们和过去一样还是那么的鲜艳美丽。蜗牛慢慢地将自己柔软的半个身体钻出壳外来，伸出它的触角，又将它们缩了进去。

一切就跟去年一样！一点进步都没有，玫瑰树不在乎其他的事情，只管开它的玫瑰花，而一切好像又是那么的毫无进展。

夏天和秋天过去了，玫瑰树一刻不停地开花结苞，一切又总是让人们那么的期待，一直到冬天下起雪，天气变得非常湿冷了，这时它垂下了脑袋，不谙世事，少有人知，而此时的蜗牛已经躲到地下过冬去了。

新的一年又一次来到了，玫瑰花与蜗牛又一次不期而遇。

“你现在已经是棵老玫瑰树啦，就别总是还在幻想那些不切实际的东西了！”蜗牛说，“你剩下的日子也不多了啊，你将你的一切给了这个世界，那是否很有意义呢？这个问题我还来不及认真思考呢。但有一点是非常明确的，就是你从没有想过换一种生活方式，要不然你会结出别的东西吗？对此你有什么要说的吗？还有什么是自己的内心里不断期待的呢？如今你很快就要凋零枯萎了，到最后只剩下一根光秃秃的树干。你懂我的意思吗？”

“听你这番话，简直要吓死人了，”玫瑰树毫不在意地说，“我从来就没有想过这些。”

“是的，你从没有费心思来思考过这些问题。而且根本也没思考过你为什么要开花和你的花是怎样开出来的？为什么只是这样而非别样？”

“没有，”玫瑰树说，“我每天心情舒畅地开花，因为我不能不开花。太阳的柔光照耀着、温暖着我，微风和煦，空气新鲜，我喝着晶莹的露水和甘甜的雨水，呼吸着，生活着！我从下面泥土和上面空气中获得了力量，我非继续开花不可。这就是我的生活方式，我只能如此，没有其他选择了。”

“你的生活倒是过得挺快活的。”蜗牛说。

“一点不错。大自然把什么都给了我，”玫瑰树说，“但是给你的也已经很多了啊。给了你可以深邃、灵活思考的头脑和令全世界惊奇的极具天赋的心灵。”

“我一点也不像你一样，”蜗牛说，“世界和我是毫无关系的。我为什么要关心这个世界呢？我自己就够我关心的了，我觉得自己的事已经足够我思考的了。”

“难道不应该把我们最美好和最值得展现的东西展示给别人吗？尽我们个人的力量作出一些贡献吗？是的，我只给了他们一些玫瑰花。但是具有如此天赋的你——给了这个世界什么呢？”

“我又给了一些什么？我将给什么？我对此简直是不屑一顾。因为从根本意义上讲就是毫无意义的，这些跟我毫无关系。在我看来，你只能继续盛开你的玫瑰花，除此之外，你还会做其他的吗？就是去让榛树结出它应该结出的榛子吗？让牛和羊去产奶吗？它们各有自己的事情。我也有属于我自己的世界。我缩进了我的身体里，我就生活在那里。全世界都跟我毫无关系，关我什么事呢？”

蜗牛说着缩头熟练地钻进了自己温暖的小屋里了，关上了门。

“真可惜，”玫瑰树惋惜地说，“无论我怎么思考和考虑事情，都无法钻到我自己里面去，我必须得去继续开出让许多人都羡慕不已的玫瑰花啊，接着落下美丽的花瓣，然后被风儿吹走。可我有一次发现了一朵美丽的玫瑰花被一位太太夹在了装帧精美的赞美诗集里，还有一朵玫瑰花也被一位美丽的年轻姑娘戴在了她的胸前，过有一个顽皮的孩子用自己的小嘴儿亲吻着一朵玫瑰花。那时的我是多么的快乐啊！这才是真真切切地属于我自己的美好时光啊。这便是我全部的美好回忆和幸福的生活。”

于是玫瑰树继续天真地开着漂亮迷人的花朵，而蜗牛依然懒洋洋地缩在它的房子里，世界也跟它毫无瓜葛。

一年又一年。蜗牛与泥土终于融为了一体，同样玫瑰树也变成了只属于这个世界的泥土本身。即便夹在那个装帧精美的赞美诗集里的那朵可爱诱人的玫瑰花也早已凋零了，可花园中还有其他的玫瑰树和其他的小蜗牛，又在重复着从前的故事。小蜗牛钻进了它们的房子，向世界表示着它们的不屑一顾，因为世界跟它们没有任何关系。

我们要把这故事从头的再读一遍吗？不管你重复读多少遍，它依然还是老样子。

沼泽王的女儿

鹳鸟在给它的孩子讲一个发生在一千多年前，古老的故事，它是从伙伴那里听到的，鹳鸟们代代相传，描述得非常有趣味。

日德兰半岛的夏日十分炎热，一群北欧海盗住在半岛的北部，有一对鹳鸟夫妇将房子筑在了海盗首领的屋顶上，它们是这个故事的第一个讲述者，其实它们自己也是剧中人。

海盗房子的不远处有一片面积非常大的沼泽地，离此地有十里地。那里几乎是不毛之地，并且始终雾蒙蒙的，显得非常神秘。据史料记载，很久很久以前，这里曾经是一片汪洋大海，不知为什么海水退去了，就成了现在的模样。

那时候，这里非常荒凉，长着和现在完全一样的芦苇，风儿轻轻摇动，花絮仿佛羽毛似的。当时的人们简直可以用衣不遮体来形容，极其简单。鹳鸟们很讲究，黑白相间的衣服，绛红色的长袜，它们一直不敢把脚迈进那片沼泽地，第一个在这个地方生活的人也是这样做的，因为沼泽王极其无情，根本就不能容忍任何一个人走进他的领地，否则会要了他的性命作为代价。

好了，让我们跟随故事情节体验一下一千多年前的生活吧！

这是一个优美的黄昏，鹳鸟爸爸从外面回到家中，神情紧张地对妻子说：“我发现一件极其可怕的事情……”

“别烦我，你难道不知晓我正在孵蛋！”妻子生气地说。

“而这个消息实在是太重要了啊。我们埃及主人的女儿去了沼泽地，她竟然去了如此危险的地方，而且失踪了。”丈夫说。

“哦，你说的是那位漂亮的公主吗？事情的经过是怎样的啊，快点讲给我听，真让人担心。”妻子说。

“公主的父亲得了重病，一位大夫说我们这里的沼泽莲能够治好，于是在两只天鹅的陪同下公主来到沼泽地。”丈夫说。

“可她在什么地方，根本就没看见她呀？”妻子说。

“我每次外出的时候总是小心翼翼的，”丈夫说，“我发现一块芦苇长得很密集的地方，不仅能够隐蔽，而且还可以承担我的重量，随后就躲在那里。这时，三只天鹅朝我飞来，其中一只很奇怪，我仔细一看，天啊，有一只是假的，只是披着天鹅羽绒似的衣裳。”

“不要说这些没有用的东西了，还是快说公主吧。”妻子说。

“沼泽地的中央有个湖，湖边有一棵老树，树身歪斜，三只天鹅最后都纷纷落在这棵大树上。其中两只在梳理羽毛，而那只假天鹅脱掉了自己的伪装，她就是公主，我马上就认出来了。她一丝不挂，用金色的长发遮盖住身体。她请那两只天鹅看好衣裳，自己一个人到湖里去寻找漂亮的沼泽莲了。

两只天鹅猛然间叼起那件衣裳，展翅飞起来，它们在湖面上转了好久，把衣裳撕扯得像雪花一样零碎。大声说道：“你哪里也别想去了啊！你再也别想回埃及了。”说完，狂笑着飞走了。我感到极其意外，公主也惊呆了，她不敢相信那两只天鹅竟然会这样阴险地骗了自己。

她痛苦地伏在那棵老树上号啕大哭。其实她是伏在沼泽王的身上哭泣，我亲眼所见，树干转了一个身，伸出好多乌黑湿漉的胳膊，想要拥抱公主。公主非常害怕，她想躲开这丑陋的家伙，但沼泽王不同意。她和那棵老树一起慢慢往下沉，可能是沼泽王把她拉下去的。沼泽地上冒起一个个黑色的水泡，不久又恢复了平静，仿佛没有发生过任何事情。

“公主究竟在哪里，你应该已经明白了。不错，她死在了沼泽地里，我们再也看不到她了。当时，我觉得心都碎了。”丈夫流着眼泪说。

“这么悲惨的事情，你不应该告诉我，这会对我们的孩子造成不好的影响，”妻子说，“公主是仙女的女儿，应该会有人救她的。要是换作另外一个人，或者是一只鹳鸟，可就真的没救了。”

“我打算每隔一天就去那里瞧瞧，说不定真会有奇迹发生。”丈夫说。

过了好久，当鹳鸟爸爸又到这个地方观看时，发现湖岸边钻出一根根绿茎，像青草一样。绿茎完全长出来之后，叶子打开了，中间有一个小巧玲珑的花蕊，叶子和花蕊在飞快地长大。一个阳光明媚的上午，鹳鸟爸爸再来的时候，花蕊渐渐地打开了，它看到一个美丽娇小的女孩睡在那个花中。她的五官和皮肤都很像那位公主。

“公主的确没有死，她只不过是被施了魔法变小了！”鹳鸟爸爸自言自语着。可它认为不可能，又反复想了想，觉得这个女孩很可能是沼泽王和公主的孩子。

“她这么小，待在这没人来的沼泽地里，肯定会死的，”鹳鸟爸爸想，“而咱们家的生活条件又很差。不如将她送到海盗首领的家里去，他们夫妇没有孩子，而且那位太太心眼儿又那么好，一定会喜欢这个孩子。”因此，它衔着小女孩向家飞去，海盗首领的房子就在它的巢下面，它站在卧室的外面，在窗户上啄了一个洞，女主人还在睡午觉呢，它将小女孩轻轻地放在床上就回家了。鹳鸟妈妈和孩子们正在用餐，它把这事的经过全部都说给了家人。

“我很早就提醒过你少管闲事，如今冬天就要来了，我们也应该飞往南方了，你还是多考虑考虑咱们家的事情吧。我准备等哪天顺风的时候就动身，这次飞行对孩子们也是一次考验。我坚信它们一定会飞得很棒，因为我了解它们。”

首领的妻子睡醒后，惊奇地看见身旁有一个小女孩，而且很漂亮，高兴极了。海盗首领每次外出都要很久，平时就她一个人在家，这个小精灵的到来正好可以帮她打发寂寞的时光。她高兴得又是亲吻，又是抚摸。可是小女孩好像很不喜欢这样的举动，一个劲儿地哭闹，过了很长时间才静静地睡着了。

女主人认为丈夫会突然回家，于是她吩咐女奴们收拾好房间，墙上挂起绣着雷神、耶稣还有其他神的壁毯，地板擦得像镜子一样亮。椅子上铺着非常珍奇的野兽皮，壁炉里面放好了木柴，等丈夫回来就可以立刻点火取暖。她指挥着女奴们忙东忙西，一直到天快黑的时候，她感觉太疲乏了，便早早地上床睡觉了。

天刚亮的时候，女主人醒了，往身旁一瞧，小女孩不见了。她马上拿起蜡烛四处寻找，在床脚处发现一只大青蛙，感觉很让人恶心，她便拿起一根木棍想把那个东西赶走，那只青蛙满眼忧伤地望着她，嘴里发出一声哀鸣。女主人吓得浑身上下一个劲儿地哆嗦，扔下棍子跑到窗户前。这时，太阳升起来了，温暖的阳光照射到床上，她发现那只青蛙渐渐地变回了小女孩。

女主人被眼前发生的这一切弄得目瞪口呆，她使劲儿揉了揉眼睛，确信小女孩躺在那里，就走过去，抱起来上下端详了一会儿，确信是自己做的噩梦。随后非常高兴地去亲那个小女孩粉红的小脸蛋，但是小女孩并不领情，左也不是右也不是，对她又抓又咬，很不听话，仿佛一只发怒的小猫咪。

海盗首领离家三天了还未见踪影。因为这几天老刮南风，他们要顶风行船。小女孩仍然在变换着，白天她是美丽的天使，但脾气古怪、暴躁；夜里她是丑陋的青蛙，但性格温和、忧郁。女主人清楚了这个小女孩的来历并不简单，她说不定受到了什么魔力的控制。

这个小女孩确实是公主和沼泽王的女儿，她是一个继承了双重形象和双重性格的可怜孩子。白天拥有母亲漂亮的外表，性格却如同父亲一样。晚上外表跟父亲相似，极其丑陋，性格却像母亲一样。女主人没有扔掉这个可怜的孩子，对她一如既往地疼爱，她觉得这是上帝的安排，可她又很担心，怕小女孩会给她的家庭招来灾难，又怕丈夫看到以后将她丢掉。她准备保护这个小女孩，当她夜里变成青蛙的时候，尽量不让丈夫发现。

这天早上，天气很好，一点儿风都没有，海盗首领家的屋顶上飞来好多只鹳鸟，它们来这里集合，准备一起飞往温暖的南方。

“我突然感到身体变轻了，体内的能量仿佛都转移到腿上，让我像青蛙一样跳起来。”一只小鹳鸟说。

“别耗费体力啦!”它的妈妈说。随后全家人随着鹳鸟队伍出发了。

这时候，海盗船靠岸的号角声吹响了，这次他们的战利品非常丰富，抢到了许多新奴隶和财宝。

海盗首领家的旁边有一座木屋，是海盗们庆功聚会的场所。壁炉里点燃了熊熊大火，抬进来整桶整桶的葡萄酒。由于被涂上了牲畜的鲜血，新奴隶的身上血迹斑斑。海盗们的脑袋上和碗里都是土，那是木屋横梁上飘落下来的。而他们完全不把这当回事，因为已经习以为常了。每一个海盗都分到一份财物，他们喝酒划拳，完全忘记了在海上的恩恩怨怨。一位海盗诗人为他们写了许多诗歌，既颂扬了他们无比英勇的精神，又记录了征途中的艰辛以及取得的辉煌战果。每首诗歌都是一个样子的：财富没有永远；

朋友跟敌人也没有永远；

每一样东西都不能永恒；

唯独英名千古流传。每当诗人朗诵到这里，海盗们就非常高兴，他们用刀把磕打地面，或是用拳头敲打桌面。

海盗首领的夫人也来了，她坐在丈夫的身旁。聪明的诗人从不会忘记恭维她，歌颂她是多么美丽和贤惠，歌颂她有一个多么英明神武的丈夫。海盗们吃喝玩乐了很久才散去。

海盗首领回到家里，看到了小女孩，非常喜欢她，特别是她狂野的性格让他更觉自豪。“她的脾气和我很像，过些年后肯定会是一个勇敢的战士，没有人能吓倒她。”他对妻子说。

海盗们为庆贺这个伟大的胜利持续狂欢了许多天，他们日日喝酒吃肉，就连请来的朋友也抵抗不住这些美食的诱惑，也一起大吃二喝起来。

冬天就要来临了，海盗们休息了一段时间后，又重新振奋起来，他们打算再远行一次。海盗的妻子有小女孩做伴，生活过得很好。但对美丽暴躁的女孩，她有时也是一点办法都没有，反而喜欢丑陋温顺的青蛙。

这天早上，天气阴沉，刺骨的北风咆哮着，天上下起了雪。鹳鸟的巢里住进一位新主人，就是麻雀，麻雀非常不满足地嘟囔巢太大了，冷风从缝隙中吹进来。鹳鸟一家飞到南方，在美丽的南方它们的日子过得如何呢？

鹳鸟一家飞往了埃及。那里的冬天就如同沼泽地的夏日一样的暖和，小鹳鸟们看到了连绵不断的高山、茂密的森林和周围绽放的鲜花。明媚的阳光照耀着清真寺，它圆顶上的一弯新月发出淡淡的光。广阔沙漠中的灰色金字塔，看上去就像画一样美丽。尼罗河的水非常清澈，都能看到河床，水里的鱼儿高兴地到处游来游去。小鹳鸟们首次出远门，对什么都觉得好奇，它们希望飞到更远的地方，去欣赏一下世界各地的美景。妈妈告诉它们：鹳鸟们每年冬天都在这个废弃的寺院筑巢，由于更远的地方是广阔无边的森林，只有野生动物才在那个地方出没，蜥蜴和蛇都非常不易捕捉到，可是这个地方食物非常的丰富，浅浅的小河里到处是鱼、虫和青蛙，这里最适合我们生活了。

随后，它们一家便搭建窝巢安顿下来。小鹳鸟们早已可以自力更生了啊，经常叼着捕捉来的青蛙或小蛇向爸爸、妈妈炫耀。这个地方的好吃的的确是太多了啊，它们每日只管忘我地玩耍，生活得非常愉快。但是，埃及王宫里却是一番景象，国王仍旧病得很严重，吃了许多药也没有一点好转，王后和大臣们十分地着急，而更让他们忧虑的是公主失踪了。她穿着天鹅羽衣，飞到遥远的地方为父亲寻找沼泽莲，将近一年了依然没有回来。那两个和她一起去的天鹅公主回来告诉王后：“有一天，当我们三个在天中展翅翱翔的时候，遇见了一个猎人，他拉开弓箭射中了公主，公主受了伤落到一条小河的岸边，死了，我们俩忍着无尽的悲伤把公主的尸体埋到了大树下。我们不能让公主白白死去，等到猎人回到自己家里后，我们就点燃了他家木屋，活活烧死了他，不过，大火同样引燃了公主的墓地，她也没有给我们留下一点遗物，我们再也看不到她了。”说完这些谎言，她们还假装十分悲伤地大哭了起来。

当鹳鸟爸爸听到这件事情以后，简直是怒不可遏了：“这两个无耻的家伙，我要去狠狠地啄她们。”

“她们实在可恶，但你根本对付不了她们，你还是别操那个心啦！”妻子说。

“明天上午埃及所有知名人士都会去王宫，探视国王，我要去瞧瞧，弄清楚事情的真相。”丈夫说。

第二天，埃及那些聪明人都来到了皇宫的大厅里，他们提出了很多建议，可鹳鸟爸爸一句也听不明白。一个非常知名的学者说：“生命是由爱孕育的，最强烈的爱孕育最高等的生命，国王的病唯独‘爱’这一剂药能够治好。”多数人同意他的这一看法，可这完全是胡扯，跟国王的病和公主的失踪根本就搭不上边。

同来的鹳鸟妈妈被这些莫名其妙的话也一时搞得晕头转向了，她无奈地说：“这全怪国王自己，培养了这样一群书呆子。我们还是再听听他们又要说些什么废话吧！”

那些有见识的人就“爱”这个话题唇枪舌剑地说起来了，他们说爱分许多种，有父母对子女的爱，情人之间的爱，夫妻之间的爱，种子对泥土的爱，植物对太阳的爱，鱼儿对水的爱，等等。鹳鸟对这些见解简直摸不着头脑，它只听懂了一句话，就是老百姓和一些大臣、宰相说的“国王生病是国家和百姓的灾难，唯有国王痊愈，才能让这个国家太平”。

鹳鸟还从一些普通百姓的嘴里知道了埃及去年发生的一些事。当时，有一个医术高明的大夫说国王的病能够用一种漂亮的花治好，但是他也不知道具体是什么样的花，而且也不清楚在什么地方。那些有学问的人就建议让国王的女儿寻找，因为唯独她是最爱国王像的，他们让她去找古代的木乃伊，询问花的地点，这简直太让人感到恐惧了啊！但公主却毫不退缩。

在一个漆黑的夜晚，公主一个人来到了空无一人的沙漠，她来到狮身人面像那儿，穿过金字塔的走廊，将头靠在一位国王的胸口。随后，她睡着了，木乃伊在梦里对她说，在北方丹麦的沼泽地，有一种美丽的沼泽莲，能够让国王的病痊愈。然而只能由公主亲自去采，踏入可怕的污泥里，去摘下第一朵碰到她胸脯的花。

眼下，每个埃及人都觉得公主永远也回不来了，唯独鹳鸟夫妇知道公主现在的境况，公主和沼泽王结婚了，并且还生了一个女儿。“她会好好地生活。”鹳鸟妈妈说。

“我打算惩罚那两个恶毒的天鹅公主，将她们的天鹅羽衣偷来，让她们今生今世再也飞不上天。我要将它藏在木屋顶上，没准儿以后还可能会用的上。”鹳鸟爸爸说。

“此地可没有木屋，你说的到底是什么地方啊?”妻子大惑不解地问。

“丹麦海盗首领的屋顶上。你和我，再加上孩子们将天鹅羽衣带回去，如果全部带着太沉了，至少也能带走一张，另外一张藏在一个隐蔽的场所。等我们明年回来，再把它带走。一张天鹅羽衣足够公主用了。”鹳鸟爸爸说。

“你净做傻事，没人会领你的情的。”妻子说。

居住在丹麦沼泽地的海盗们又有了一个新成员，即海盗首领的养女。她十六岁了，父亲为她取了一个十分动听的名字叫海尔玛。

她外表美丽、娴静，可脾气狂野、暴躁，比所有的海盗都凶狠。她会用刀捅破马匹的肚子，欣赏那鲜红的热血不停地涌动的场面；她用利齿咬断公鸡的脖颈，将它献给雷神，这样凶狠的行为让她兴奋无比。她曾对海盗首领无情地说：“要是有一天你的敌人偷袭过来，恰好你还在熟睡，他们从窗户外偷偷地钻进来，将刀架在你的脖子上，你可别以为我会叫醒你，那没门儿。你知道为什么吗？因为在我小的时候，你打过我一巴掌，至今我还记得呢。”

海盗首领觉得养女就是开开玩笑罢了，因为十几年以来，他的妻子从来没有让丈夫看见过夜里的海尔玛，他对她的双重形象和性格一无所知。他爱养女的这种性格，她骑马的时候从来不用马鞍，仿佛是一个无畏的勇士贴在马背上。当海盗首领的船回家时，她毫无顾忌地跳进水里迎接他，速度比鱼还快，她弓箭上的弦是用她的头发做成的，极其独特。她做事从来不考虑别人的感受，自己想怎么做就怎么做。

海尔玛的养母对她的野性有些担心，她知道这并不是她的天性，她不过是受到了魔法的控制。每当夜深人静的时候，她就变成一只巨大的青蛙，忧郁、温顺地蹲在角落里，发出"呜呜"的哀鸣，海盗妻子心疼地抱起她放在自己的腿上，说："你尽管丑陋，但很安静，我喜欢。白天的你让我感到害怕。"她曾尝试教她识字，可养女对那个东西根本没兴趣。

这一天，鹳鸟爸爸对妻子说："你瞧当年曾经躺在沼泽莲花蕊上的小女孩如今长得这么高了，可是我们却一直没看到公主啊。你过去还说她会好好照顾自己，现在看来你是错了。她肯定死了，我们千辛万苦带回来的天鹅羽衣也毫无用处了。要是有一天这座木屋着火了，天鹅羽衣也会化为无有。"

"你心里就想着公主，当初非要带回那天鹅羽衣，既然你那么喜欢她，为何当初不去和她生活呢?"鹳鸟妈妈恼怒地说，"你再看看那个海尔玛，还一直想杀死我们呢，实在是一个忘恩负义的坏女人，你当初就不应该救她回来，现在我们真是朝不保夕啊!"

"你或许不知道自己有多自私，而我却看得一清二楚，真是难以理喻啊。"鹳鸟爸爸说完，便飞走了。它飞到了湛蓝的天空中，阳光照耀在雪白的羽毛上，闪着金色的光泽，漂亮极了。

"我的丈夫实在是漂亮，没有一只鹳鸟能比得上。但我可不会惯着他，以防它骄傲自大。"心胸狭窄的妻子说。

秋天时，海盗们再次出海了，这回他们抓回来一位基督教牧师。他时常给大家讲各种神的故事，讲耶稣由于爱人类而被钉在十字架上。这些关于上帝的故事海尔玛简直是闻所未闻啊，可她听了就忘，就记住一个“爱”字。这还是她变成青蛙的时候，养母对她说的。

海盗们从海上回来后，就讲述去过的地方，同样也讲起神圣的教堂，他们造访过那里，还抢来了一只摆在神坛上的黄金香炉。牧师被关入黑暗、阴冷的地窖里，手脚全被绑了起来。海尔玛的养母心眼儿非常好，十分可怜他，就请求丈夫解开绳索。而海尔玛却不答应，她面无表情地说：“我要把那个牧师用绳子拴在马后面，用马拖着他跑，接着再放狗在后面追逐，这将会多有意思啊！”

海盗首领不想让牧师就这样白白的死掉，他要用他的血来祭奠雷神和最高的神。海尔玛要求由她来亲自杀死牧师。她将匕首放在石头上一个劲儿地打磨着，当一只狗从她这里经过的时候，她一刀扎入了它的肚子里，随后就当什么也没发生似的在毛皮上擦了擦匕首，狂笑着说不过是为了试试刀磨得如何而已。

海盗的妻子被海尔玛的这一凶残的行为，吓得浑身上下直打哆嗦，但她又为养女的身世感到极其难过。当夜深人静的时候，她对着海尔玛变成的青蛙说她心理的苦恼，哀求女儿不要再做出如此残暴的行为。“可怜的女儿啊，我实在是太怜悯你了啊。可你却让我生活在自责和恐惧当中。你的心为什么如何狠毒呢？上帝为什么要把你送给我啊？”

青蛙仿佛听懂了养母的话，满眼都是热泪。

“要是你再这样下去，终有一天上帝会惩罚你的。我刚开始真不该收养你，让你在荒野里自生自灭就好了。”养母泪流满面地说。她简直是伤心欲绝了啊，放下海尔玛回屋里去了。

青蛙孤零零地一个人蹲在寂静的角落里，听到屋里断断续续传来养母的叹息声，事实上她也非常难过，但她根本控制不了自己邪恶的灵魂，只能发出痛苦的叫声。每当大家都睡着后，青蛙爬到门口用头顶在门上，用尽全力推开门，接着抓起蜡烛向地窖走去，她要去救那位牧师。

她来到地窖里，发现牧师四肢抱在一起正睡觉呢。就用前爪摸他的脸，牧师醒过来吓得不停哆嗦，青蛙用匕首十分小心地弄断他身上的绳索，接着示意他跟自己走，牧师无法相信，他在胸前画了一个十字，步履艰难地跟在那只青蛙后面，心里不停地感谢上帝对自己的帮助。

青蛙领着牧师来到马厩，指着一匹黑马，并是让牧师抱上它骑到上面去，青蛙坐在前面，牧师牵动缰绳，不一会儿，就逃离了海盗们的势力范围。

牧师死里逃生，心里非常地感动，唱起了赞美诗。这时东方露出红光，青蛙陡然抓住缰绳，马停了下来，这时她想从马上跳下去，可牧师现在已经清楚这个小生灵是中了魔咒，他抱住她，准备为她祈祷，请求上帝来解救她。一会儿，东边的太阳也出来了，马背上的青蛙忽然间变成了那个凶残的姑娘，牧师被吓得从那匹马上跌了下来。海尔玛与他简直同时落地，尖叫着："臭教士，你竟想逃走，我要杀了你！"说着拔出自己腰上的匕首冲了过来，牧师抓起地上的一根棍子，跟她厮打起来。河边的老树伸出了长树根缠住了海尔玛的脚，牧师连忙用手捧了些水洒在她的额头以及胸口上，随后画着十字，祈求上帝驱赶占据海尔玛魂灵上的魔鬼。

牧师的功力还是不够，不能使海尔玛变回去，但却让她锐气大减，不再狂躁，满脸茫然。要是以往站在她面前的是一个拿刀的斗士，她会立刻扑上去，但如今这个年轻人给她的感觉如此安详，他在胸前继续画着十字，嘴里还一个劲儿地念叨着，海尔玛感到全身没有丝毫的力气，慢慢地坐在地上，变得温和起来。

牧师告诉她昨天夜里她是如何解救自己，而她眼下的行为是由于有一种邪恶的力量在控制着，他说愿意为她祷告，让她完全摆脱恶魔的纠缠，希望她答应和他一同去教堂，那里有著名的基督教神甫，能帮她彻底解脱。

海尔玛点点头应允了。牧师说海尔玛的美丽是既邪恶又让人感到恐惧的，他跪在地上，仿佛就在庄重的教堂，非常虔诚地祈祷，高声朗读《圣经》，赞美上帝和耶稣，鸟儿和马儿都无声无息地站在那里，倾听这神圣的声音。接着，牧师把海尔玛扶到马上，她还是那么听话，牧师用枯树枝做了一个十字架，拿在手中。那匹马儿驮着他俩向森林深处走去，树木越来越密，狭窄的小路两侧到处都是灌木丛，后来就连道路也找不到了。于是他们沿着一条小河走下去，最后，走到了一片沼泽地。

年轻牧师一边和海尔玛说话，一边非常有耐心地找路。他打算用自己的爱心和信仰的力量，拯救这个可怜的女孩。他坚持不懈地用道德的力量唤醒那颗冰冷的心，使其变得温和善良。

海尔玛不具有人的灵魂，就仿佛一个刚刚来到这个世界上的孩子一样，牧师的话对她有抚慰作用。

天就要黑了，他们还在森林中盘旋。这时，一群凶恶的江洋大盗走过来。强盗的头领命令牧师下来，质问他从何处拐来一位这样漂亮的姑娘。牧师一把拿过海尔玛身上的那把匕首，护卫着海尔玛向后退着。一个强盗挥着手中的大刀冲了过来，牧师躲了过去，刀插入了马肚子里，海尔玛尖叫着扑到马的身上鲜血染红了她的衣服。又一个强盗蹿过来，一斧头狠狠地砍在了年轻的牧师头上，牧师没来得及哼一声就死了。

强盗们像魔鬼一样狞笑，拉扯着海尔玛，想将她弄回他们的山寨。天渐渐黑下来，漂亮的姑娘突然变了，她的双目鼓了出来，嘴巴也变得越来越大，四肢却越来越短，变成了一只巨大的青蛙。强盗们吓得愣在当场，仿佛一个个木头人，那只青蛙也急忙逃掉了。

当一轮明月升起的时候，青蛙从树林里跳了出来，跳到牧师的尸体旁，痛苦地“呜呜”哭起来。她想埋掉马和牧师的尸体，但没有工具挖坑。于是叼来身边的树叶盖在了那个可怜的牧师脸上，又拉来树枝掩盖住马和牧师的尸体。她完全明白这样根本阻止不了狼群对他们尸体的侵害，就用湿泥巴压在树枝上。

青蛙做完这些事以后，天已经亮了，她又变回一个漂亮的姑娘。此时的海尔玛脸上满是泪珠，双手都磨破了，鲜血直流。从前的那个非常粗野的海尔玛不见了。

茂密的树林幽暗寂静，这个地方海尔玛完全不熟悉，她害怕地爬到一棵大树上，在那儿坐了整整一天，两种性格在她体内激烈地争斗，使她全身哆嗦。太阳就要落山的时候，她重新变成一只巨大的青蛙。今天的青蛙不比往常了，不再是鼓眼睛，而是美丽的海尔玛的眼睛，也充满了忧郁。

海尔玛发现了牧师坟墓附近的十字架，那是牧师活着的时候用枯树枝做成的。她的脑子里忽然产生了一个奇怪的想法，就是用十字架把坟墓圈在中间。随后，她弄来很多树枝，扎成了好多个十字架，直到把坟墓围起来。然后，她学着年轻牧师用前爪在胸口画十字。奇迹真的发生了，前爪的皮慢慢裂开，随后又脱落下去，恢复成为一双非常娇嫩的手。她兴奋地抬起头望着天空，大嘴哆嗦着，想说些什么，终于“耶稣基督”几个字迸了出来，牧师活着时经常说这句话，奇迹又出现了，整张青蛙皮脱落了，现在海尔玛真的变成了一个非常美丽的姑娘，完全摆脱了魔咒的控制。她忽然感觉自己非常累，躺在地上睡着了。

深夜里，海尔玛忽然醒来，发现死去的马和牧师就站在她眼前，他们的伤口在闪闪发亮。年轻的牧师盯着她，目光严肃而睿智，好像都知道了发生的一切。她回想起自己做过的那些残忍的事情和牧师过去对她的帮助，慢慢地低下了头，感到丑恶的灵魂在净化。

牧师开口说话了：“你的父亲是沼泽王，你继承了他的灵魂，所以才会这样凶恶。我从亡灵的天国来，那是个非常美好的地方，未来的某一日，你同样也会去那里。现在，我带你回到沼泽地，撕破那层难以捉摸的面纱，找到孕育你生命的人，你只有找到了她，基督才能为你洗礼。”

牧师给了海尔玛一个黄金香炉，扶着她上了马，他自己高举着十字架，也跨上马背。马从森林上空飞快地驶向沼泽地，十字架金光闪闪，松油脂的芳香弥漫在广阔无垠的田野上。

由于耶稣和上帝的到来——牧师代表着万能的主，沼泽地展现出欣欣向荣的景象。芦苇全都开花了，沼泽莲也生出嫩茎，生出了嫩绿的叶子，很快便覆盖了沼泽地，仿佛是一块花地毯。一个女人睡在地毯上，这是海尔玛的亲生妈妈，沼泽王的妻子，那位来自埃及的公主。

牧师将埃及公主抱上马，沉重的负担让马儿在天上走起来十分的费力。年轻的牧师在它的脑袋上画了个十字，它立刻就有了无穷的力量，载着三个人落在平地上。

第一道阳光穿透云层，铺满大地。年轻的牧师和马全都没有了，只剩下两个相貌几近相同的女子面面相对。

“这是镜子中的我吗?”埃及公主满怀疑惑地问。

“这是我的水中倒影吗?”海尔玛也十分惊奇地说。

埃及公主明白了，眼前的少女原来就是自己的女儿，海尔玛也知道了，对面的女人是自己的母亲，她们越走越近，两个人终于十分幸福地抱在了一起。母亲流着眼泪说：“我的父亲也就是你的外祖父病得非常严重，我身披天鹅羽衣到这里来寻找沼泽莲，当双脚踏入污黑的沼泽地时，不知是何物把我拖了下去，四周漆黑一片，污泥包围了我。没过多久，我感觉就像是在水里，但我极想睡觉，睁不开眼睛。后来我做了很长的梦，梦到我最终回到了埃及的沙漠中，走进了金字塔，再次见到了那个告诉我寻找沼泽莲的古代国王，他已经变得又干又黑了，怀里抱着一棵腐朽的老树干，那树干仿佛就是生长在沼泽地的老树。它紧紧地抱着我，我觉得自己要窒息了，于是昏了过去。后来我听到了小鸟的叫声，才慢慢地苏醒过来，眼前一片漆黑，我觉得它在我的胸口上蠕动，它飞起来，越飞越高，去找寻属于它的自由了，但我身上的一根长带子拴住了它，我告诉它：去吧，去埃及找国王吧！他是你的祖父。就这样我把它放走了。在以后的睡眠中，我再也没做过梦，直到那浓郁的香气使我醒来时。”

连接母女俩的那根长带子便是鹳鸟看到的钻出水面的绿茎，现在已经长出了嫩绿的叶子和花蕾，是拥抱小女孩的摇篮。

鹳鸟爸爸发现了依偎在一起的母女，也听见了她们的话语，它明白自己费尽心力带回来的那两张天鹅羽衣还是有用的，就马上飞回家中取来扔给她们每人一件。母女俩有了翅膀便飞了起来，她们先是在低空盘旋，后来又飞上了美丽的蓝天上。

鹳鸟爸爸与母女俩同行，向她们介绍自己，并说冬天很快就要来临了，希望和她们结伴一同返回埃及。但埃及公主实在太想家了，病重的父亲还等待着沼泽莲，一刻也不想延迟。因此，便婉言谢绝了鹳鸟爸爸的好意，十分感谢它送给她俩的天鹅羽衣。

海尔玛坚持去见养母一面，跟她道别。她记起海盗妻子对她毫无保留的爱，她对养母的感情胜过亲生母亲，埃及公主也应允了。

“由我给你们带路吧！我的家就在海盗首领的木屋上，我的妻子和我的孩子们看见你们，肯定会很高兴。”鹳鸟爸爸说。

海盗的妻子早已醒来，因为海尔玛跟她的马失踪三天了，那个年轻的牧师也一起不见了，她现在正为他们担心，她觉得是海尔玛帮助那个上帝的使者牧师逃跑的。可她很奇怪，不清楚是什么力量改变了凶残的海尔玛。

她昨天夜里做了一个梦，梦里的情景非常的神奇，而且可怕。她坐在床上，温顺、安静的青蛙蹲在她的腿上。屋子外面喊杀声不断，众天神在决战，传闻这个夜晚是他们的灭亡日。大地惊恐地颤抖，北极星也被吓得一个劲儿地眨着眼睛，青蛙害怕地用两只前爪抱住脑袋，海盗妻子亲切地安抚她。当一个闪电划破夜空时，海盗妻子仿佛看到了年轻牧师冰冷的脸。她情不自禁地叫道：“基督教的信徒!”还吻了一下怀中的青蛙。青蛙的皮突然大块大块地掉了下来，海尔玛站在地上，目光变得温和、友善。

海盗的妻子非常感谢牧师对海尔玛的帮助，情不自禁地又说了一声“基督耶稣!”而海尔玛则变成一只漂亮的白天鹅飞走了。

这时，窗外传来了一阵拍动翅膀的声音。她清楚是鹳鸟一家要南迁了，跟它们相处了这些年，也有了感情，很想再看它们一眼，便打开窗户。她惊奇地看见了不远的大树上同时站着两只白天鹅，都在盯着她看，其中一只泪水盈盈，她突然想到昨天夜里做的那个可怕的梦，这只流泪的天鹅说不定就是海尔玛。于是她向天鹅伸开了自己的双臂，天鹅并没有飞过来，而是弯下脖子向海盗妻子表示自己无限的感激之情。

鹳鸟一家飞上了蓝天，两只白天鹅尾随其后，非常眷恋地离开了。

埃及公主和女儿在晴朗的天空中展翅翱翔，“我们前方是高山吗？”海尔玛好奇地问。

“那是天空中的云彩。”埃及公主说。

“那雪白、发亮的是什么？”海尔玛又问道。

“那是高山上覆盖着的皑皑白雪啊。”埃及公主说。

海尔玛一路上对什么都觉得好奇，因为这还是她第一次路过沼泽地，她们跟随着鹳鸟队伍飞越了阿尔卑斯山脉和地中海。最后看见了广阔无边的沙漠，海尔玛兴奋地叫起来：“我们到埃及了！”

埃及国王仍旧生命垂危地住在王宫里，因为他一直相信女儿一定会回来的，他不相信她死了。

这一天，两只白天鹅和一群鹳鸟飞进了这个富丽堂皇的王宫。埃及公主和女儿脱掉羽衣，国王看到了两个长相几乎完全相同的女子，但他马上认出了其中一个是已经杳无音信多年的女儿，浑浊的眼睛焕发出新的光彩。海尔玛抚摸国王的脸庞，蜡黄的脸也渐渐变红了。当国王得知自己是这个女孩的外祖父时，竟然令他惊奇地坐起来，埃及公主不仅带回了沼泽莲，而且还带回一个漂亮的女儿，老国王由于重新拥有了已经逝去多年的亲情，病情很快就全好了。

全国庆祝国王的痊愈，王宫中更是洋溢着欢乐的气氛，一些知识分子将埃及公主英勇救父的事情记录下来，而且也记录下海尔玛的身世以及所有经历，宫中的大臣将这个传奇的故事载入了国家史册。

鹳鸟爸爸由于救了埃及公主和她的女儿而很受老国王的喜欢，老国王为它们一家搭建了温暖舒适的窝巢，每天都有新鲜美味的食物。鹳鸟爸爸也非常有名气了，前来拜访的人极多。

“我的丈夫就是聪明，能干！”鹳鸟妈妈十分高兴地夸赞着自己的丈夫。

每当人们都纷纷进入梦乡时，海尔玛时常站在卧室外的阳台上，遥望丹麦，回想起养育她十几年的海盗妻子。养母是一个博爱的女人，她从不嫌弃自己变成青蛙时的丑陋样子，相反更疼爱她。当自己变成一个邪恶的女孩时，她还是那样好心地劝说自己。海尔玛也回想起了拯救她的年轻牧师，回想起了他曾经说过的一些话。

如今，海尔玛居住在豪华的尼罗河畔王宫里，不仅拥有天仙般的容貌，还有许多的金银财宝和崇高的社会地位，渐渐变得忘乎所以，傲慢和狂野又重新俘虏了她的灵魂，忽然有一天，她听到一个故事。

那天，她去王宫的后院散步，看到两只鸵鸟，她还是首次看到这种动物，便问仆人这两只鸟为什么身体如此大，翅膀如此短，跑得这么快，却飞不起来。

女仆告诉她鸵鸟过去也具有一对非常漂亮的翅膀。有一天晚上，其他的鸟儿向它建议："天河里的水如此清澈、甘甜，我们为何不去那里喝水洗澡呢?"

"太好了！我去!"鸵鸟说。

第二天一早，它们向天河飞去。阳光灼热地照射着它们，警告它们不要再靠近了。但是鸵鸟自以为是，没得到上帝同意就飞向了太阳。结果，它的骄傲自大触怒了天神，上帝吩咐天使点燃了它美丽的翅膀，让它从天上重重地摔到了地上，使它永远不能飞翔。

海尔玛似乎从鸵鸟身上看见了自己的影子，明白了骄傲和狂野是如此可怕，她要把它们从自己的灵魂里通通赶走。

冬天就这样不知不觉地过去了，鹳鸟一家又要飞回丹麦的沼泽地。海尔玛准备了一只金戒指，在上面刻下了自己的名字和祝福的话语。一天，她来到鹳鸟家，将这枚戒指戴在鹳鸟爸爸的脖子上，请它带给自己一直思念的海盗妻子。

"这东西我戴起来实在别扭，但这是海尔玛对养母的心意，我不答应也不好啊!”鹳鸟爸爸说。

“我能够生儿育女，功劳最大，却没有黄金戴，真不知道你戴上那玩意儿有什么用?”鹳鸟妈妈恼怒地说。

“每个人做事都会得到报答。”鹳鸟爸爸说。

没过多久，夜莺也准备飞回北方了。海尔玛请它代自己去森林瞧瞧牧师的坟墓，而且为英年早逝的牧师也唱上一首好听的歌以表示哀思之情。

秋天来了，阿拉伯国家的一些大臣陪同他们的王子来到埃及，迎娶王子的新娘，而这位新娘便是漂亮的海尔玛公主。她身穿华丽的丝绸长裙，坐在母亲和外祖父的旁边。年轻的王子英俊而高贵，他目不转睛十分痴情地看着自己未来的娇美妻子。

这时，外面传来鸟儿扇动翅膀的声音。海尔玛明白是鹳鸟一家从北方的沼泽地回来了。她站起来，走出大厅，鹳鸟们安居在宫殿外的长廊上，她俯身温和地抚摸着它们的翅膀，又想起了养母。

皓月当空，海尔玛发现远远的空中有一个人向她走来，慢慢靠近她，仔细一瞧竟然是死去的牧师。他从上帝那里祈求祝福她和英俊的王子。

海尔玛很想去天国瞧瞧，便请求牧师带她去。牧师不答应，但还是经不住她苦苦哀求，就带她来到了一个世人根本无法知晓的世界。海尔玛马上觉得自己变得极其平静，心中充满了光明。“我该送你回去了。”牧师说。“请让我再看看吧。”海尔玛哀求。“参加婚礼的人都到了，你必须回去。”牧师焦急地说。“再等一分钟。”海尔玛还是不愿离去。

当海尔玛返回王宫时，母亲和外祖父都消失了，宫里所有的仆人都没有了，大厅里一些外国士兵在睡觉。她不过仅仅离开几分钟啊，为什么这里的一切都改变了呢？她弄不清楚。她根本也无法弄清楚，因为天上的几分钟，便是人间的几百年光阴啊。

这时，几只鹳鸟落在宫殿外面的院子里，海尔玛以为还是鹳鸟爸爸一家子呢，就飞奔了过去，可这几只鹳鸟都不认识她，其中一只鹳鸟说：“我们的话你听得懂吗？请你告诉我们你从何处来，你是什么人啊?”

“你怎么会不认识我呢？我是海尔玛呀！前几天我们还见过面的啊？”海尔玛诧异地说。

“噢，你在说什么。”鹳鸟说。

海尔玛焦急地说起了自己亲爱的母亲——埃及公主和老国王，说起就要和自己结婚的邻国王子，最后还说到了丹麦的沼泽地。那只鹳鸟一下子弄明白了，它说：“那都是发生在几百年前的事情啦，那时候我祖父的祖父依然还活着，埃及确实有一位海尔玛公主，当她和王子就要完婚的那天晚上突然不见踪影了。国王派出许多士兵都没有找到她的下落，传闻是死了。于是国王为她修建了一座纪念碑，上面刻着她的雕像，还特地为她刻了一些天鹅和鹳鸟陪伴她。”

海尔玛明白了一切，她不过是用黑泥做的一只丑陋的青蛙，是仁慈的上帝让她拥有了美丽的外表和高尚的灵魂。她双手合十跪在地上祈祷。当光明再次普照大地，海尔玛跪着的地方出现了一朵已枯萎的沼泽莲，海尔玛消失了。

鬼火进城了

从前，有一个人会讲许多新的童话。不过，按照他的说法，这些童话都偷偷地离开了他。那个经常来拜访他的童话不再来了，也不再敲他的门了。这到底是为什么呢？因为外面有战争，而家里又有战争带来的悲哀和忧虑。

鹳鸟和燕子从长途旅行中回来了，它们没有想到什么危险。当它们到来的时候，巢穴被烧掉了，人类的住屋也被烧掉了，门都倒了，有的门不见了，敌人的马匹在古老的坟墓上践踏。这是一个艰难黑暗的时代，但是这样的时代也总有一天会结束的。

事实上它现在已经结束了。但是童话还没有来敲门，也没有送来什么消息。

“它一定会死的，和别的东西一起被消灭的，”这人说。不过童话是永远不会死的。

一整年又过去了。他非常想念童话。

“我不知道，童话会不会再来敲我的门？”

他曾经生动地记得，童话以不同的姿态来拜访过他：有时像春天一样年轻动人，有时像一个美丽的姑娘，头上戴着一个车叶草编的花环，手中拿着一根山毛榉的枝子，眼睛亮得像阳光下深树林里的湖。有时它装作一个小贩到来。它打开它的背包，让银色的缎带飘出来——上面写着诗和充满回忆的句子。不过，当它装作一个老祖母到来的时候，要算是非常惹人喜欢的了。她的头发是银白色的，一双大眼睛看上去又大又显得乖巧伶俐。她能讲好多好多的远古时代的故事——比公主用金纺锤纺纱、巨龙在皇宫外守护的那个时代还要久远许多。她讲得活灵活现，听得人好像觉得有黑点子在眼前不停地跳舞，仿佛觉得地上被人的血染黑了。看到此情此景和听到这样的故事，真有些骇人听闻啊，但同时它又很好玩，因为它是发生在那么一个非常远古的时代里。

“她不会再来敲我的门吧!”这人有些担心地说。于是他凝望着门，结果黑点子又在他眼前和地上出现了。他不知道这是血呢，还是那个艰难的黑暗时代的丧服上用的黑纱。

当他这样坐着的时候，就想起童话是不是像那些古老的童话中的公主那样，也被藏了起来，需要人把它找出来呢？如果它被找出来了，那么它又可以发出新的光彩了，比以前还要美丽无比。

“谁知道呢？可能它就藏在别人随便扔在井边的一根草里面的。注意！注意！可能它还待在一朵萎谢的花里——夹在书架上的那本大书里。”

为了搞清楚是怎么回事，这人就打开一本最新的畅销书，不过这里面并没有一朵花。他在这里读到丹麦人荷尔格动人的故事，这个故事是由一个法国修道士杜撰的，是一本译成丹麦文和用丹麦文印出来的传奇故事，因此丹麦人荷尔格事实上就没有在这个世界上存在过，同时也永远不会像我们所歌颂的和相信的那样了，又回到我们这儿来。丹麦人荷尔格和威廉·退尔一样，不过是一个口头传说罢了，完全是靠不住的，虽然它是花了很大一番考据的工夫，写在书本上的。

“唔，我要坚持我所相信的东西，”这人用十分坚定地口吻说，“脚没有踩过的地方，路也不会拓宽。”

于是他把书合上，放到了自己的书架上，然后就走到窗前的新鲜花朵那里去了。童话可能就藏在那些有黄色金边的红郁金香里面的，或是新鲜的玫瑰花里，或是颜色鲜艳的茶花里。可是花瓣之间有阳光，就是没有童话的存在。

艰难时代里长出的花儿，总是非常美丽的。不过它们统统被砍掉，编成花圈，放进棺材里，上面又盖上国旗！可能童话就跟这些花儿一起被埋葬掉了。如果是这样的话，花儿就应该知道，棺材也应该知道，泥土也应该知道，从土里长出的每根草也应该能讲出一个道理来了，童话是从来不会死的。

可能它曾经到这儿来过一次的，敲过门——不过那时谁会听见和想到它呢？人们带着阴郁、沉重、几乎生气的神情来望着春天里的太阳、喃喃的鸟儿和一切愉快的东西。舌头连那些古老的、快乐的民间歌曲都不唱了；它们和我们最心爱的东西一起被埋在棺材里。童话尽可以来敲门的，不过不会有人听见了。没有人欢迎它，因此它就这么走了。

“我要去寻找它！”

“到乡下去找它！到树林里去找它！到广阔的沙滩上去找它！”

乡间有一个古老的庄园。它有红色的墙和尖尖的山形墙，塔顶上还飘着一面旗。夜莺在穗子很细的山毛榉叶子间歌唱，望着花园里盛开的苹果树，还以为它们开的就是玫瑰花呢。在夏天的阳光里，蜜蜂在这儿忙着工作，围着它们的皇后嗡嗡吟唱。秋天的风暴会讲出许多关于野猎的故事，关于树林的落叶和过去人类的故事。在圣诞节的时候，野天鹅在一片汪洋的水上歌唱，而在那个古老的花园里，人们围在炉边倾听歌声和远古的传说。

在花园一个古老的角落里，有一条生满了野栗树的大路，引诱人们向它的树荫里走去。

这人便走进去寻找童话，风儿曾经在这儿低声地对他讲过一个贵族和他的女儿们的故事。树精——就是童话妈妈本人——曾经在这儿对他讲述过老槲树的梦。在祖母活着的时候，这儿有修剪得很整齐的篱笆，可是现在只长着凤尾草和荨麻——它们把遗弃在那儿的残破的古代石像都掩盖住了。这些石像的眼睛里长出了青苔，但是它们仍然能像以前一样看得见东西——而来寻找童话的人却看不见，因为他没有看见童话。童话到哪儿去了呢?

千百只乌鸦在他的头上不停地飞过，在一些年代很久远的树上掠过，同时叫着:“它就在那里！它就在那里!”

他走出花园，走出园子外的护墙河，走到赤杨的里面去。这儿有一个六角形的小屋子，还附带有养鸡场和养鸭场。在屋子的中央坐着一个很慈祥的老太婆。她管理这儿的一切事情，生下的每一个蛋，从蛋里爬出的每一只小鸡，她都是一清二楚。不过她并不是这人所要找的那个童话：这一点她可以用那个经历过洗刷的证书和那张种过天花的证书来作证。

这两件东西都放在抽屉里。

在离屋子没多远的地方，有一个土丘，上面长满了各种颜色的红山楂和金链花。这儿躺着一块古老的墓碑。它是从一个乡下市镇的教堂墓地里移到这里来的，它是城里一个有声望的参议员的纪念碑。他的太太和五个女儿，全都身份虔诚地拱着双手，穿着绉领，在他的石像周围站着。人们可以把他们观察很长一段时间的，一直观察到使它在思想上发生作用为止，同时思想又在石像上发生作用，使它能讲出关于那个非常美妙的远古时代的故事——那个找童话的人当时的想法。当他来到这儿的时候，发现有一只活蝴蝶落在这位石雕参议员的额头上。蝴蝶拍着翅膀，向前飞了一会儿，然后又落到墓石的不远处，像是要把这里的一切东西都指出来。这儿长着有四片叶子的苜蓿；一共有七棵，非常整齐地排成了一行。幸运的事情总不会是单独到来的。他摘下苜蓿叶子，装进自己的口袋里。这人想：幸运是和钱一样好；但是美妙的新童话比那还要好。但是他在这儿没有找到任何关于童话的踪影。

又红又大的太阳，落下去了，草地上升起了烟雾，沼泽女人正在酿酒。

现在是晚上。这个人站立在屋子中，朝着大海、草地、沼泽和海滩上眺望着。月光非常明朗，草地上笼罩着一层烟雾，好像一个非常大非常大的湖。传说曾经是一个大湖——这个传说在月光中终于得到了证明。他想起了在城里时读过的动人故事：威廉·退尔和丹麦人荷尔格从来没有存在过。但是，像这个湖的故事一样，他们却活在了民间的传说中。是的，丹麦人荷尔格会再回来的！

当他正站着陷入深深的思考时，窗子上有很重的敲击声。这是一只雀子，一只蝙蝠，还是一只猫头鹰呢？如果是这类东西，就一点也没有去开门的必要性了。但窗子自动地打开了，一个老太婆向这个人看去。

"什么？"他说。"她是什么人？她直接朝第二层楼上望去。难道她是站在梯子上吗？"

"你衣袋里有一个长有四片叶子的苜蓿，"她说，"是的，你有七棵，其中有一棵还有六片叶子呢。"

"请问你是谁？"这人又连忙问道。

"沼泽女人！"她直截了当地回答说，"酿酒的沼泽女人。我正在酿酒呢。酒桶安上了非常结实的塞子，但是一个恶作剧的沼泽小鬼把塞子给拔掉了，而且把它向院子里扔去，打在窗子上。现在啤酒正从桶里往外直淌，这对大家毫无疑问都是没有好处的。"

"请你讲下去！"这人说。

"啊，请等一下啊！"沼泽女人说。"我此刻还有一件别的事要去做。"于是她就走了。

这人正要关上窗子，沼泽女人忽然又出现了。

"现在我做完了！"她说。"不过，如果明天天气好，我就把另外一半啤酒留到明天再酿。哦，你有什么事情要问我呢？我现在已经回来了，因为我是一个说话算数的人。你衣袋里有七棵带四片叶子的苜蓿，其中有一棵是六片叶子的。这使我对你肃然起敬，因为它是长在大路旁的一种装饰品，不过并不是每个人都可以发现的。你有什么事情要问我呢？不要站着像个呆子呀，因为我得马上去看我的塞子和桶了！"

于是，这人便问起童话，问她在路上是不是看到过童话。

"嗨，愿上帝保佑我的大酒桶！"沼泽女人说道，"难道你所知道的童话还不够吗？我相信你所知道的已经够多了。你应该关心别的事情，注意别的事情才对。现在就连小孩子也不再要听什么童话了。给男孩子一根雪茄，给女孩子一条新裙子吧，他们会非常喜爱这些东西的。听什么童话！嗨，应该做的事情多着呢，更重要的事情有的是呢！"

"你这是什么意思？"这人大惑不解地问。"你懂得什么世事沧桑啊？你所看到的只是青蛙和鬼火罢了！"

"是的，请你当心鬼火吧，"沼泽女人镇定自若地说，"它们已经出来了！它们潜入凡间了啊！这正是我们要讨论的一件非常紧迫的事情！和我一块儿到沼泽地来吧，我必须在场，我可以把整个的事儿都告诉你的。当你那七棵有四片叶子的苜蓿——其中有一棵是六片叶子的——还是新鲜的时候，当月亮还是很高的时候，就请你赶紧到这里来吧！"

于是，沼泽女人一下子就不见了。

教堂的钟已经敲了 12 下了，最后一下还没有敲完，这个人已经出了门，来到了花园里，站在草地上了。烟雾已经渐渐地散了。沼泽女人也停止了自己的酿酒工作。

"你花了这么久的时间才来！"沼泽女人有些失望地说，"巫婆比人走得快得多。我很高兴，我生来就是一个巫婆啊！"

"你现在还有些什么话可以告诉我呢？"这人问，"这和童话有什么关系吗？"

"难道你问点别的东西不行吗？"沼泽女人很不耐烦地说。

"你是不是想和我谈一点关于未来诗的问题呢？"这人又问了一句。

"请你不要卖弄什么所谓的高深学问了吧！"沼泽女人说，"让我回答你吧。你心里老想着那些所谓的诗，而嘴上却问起童话来，好像童话就是一切艺术的皇后，对吧。她是一个已经上了一些年岁的人，不过她的样子却显得一直是最年轻的。我对她的事情知道得很清楚！我曾经也是年轻的，这也不是什么幼稚病。我也曾经是很漂亮的一个妖姑娘，我也在月亮底下和别人跳过舞的，也听过夜莺的曲子，到森林里去过，也见过童话中美丽的姑娘的——她总是在那儿东跑西颠。她一会儿跑到一只刚开不久的郁金香或一朵普通的野花那里去，一会儿偷偷地走进宁静的教堂，把自己裹在祭坛蜡烛上挂着的黑丧布里去睡觉！”

“你的消息还真灵通啊！”这人说。

“我知道的东西起码应该和你一样的丰富。”沼泽女人非常自信地说，“童话和诗——不错，它们像同一材料织成的两段布料。它们可以随便在什么地方躺下来。它们所做的事和讲的话，人们可以随意编造，而且编得又好又耐读。你可以一文不花就从我这里得到这些东西。我有一整柜子的高档的瓶装诗。这是诗精，诗的最好的一部分——它是又甜又苦的草药。无论人们对诗的哪个方面的要求，我的瓶子里都应有尽有。在节日里我把它洒一点到我的手帕上，不时地还经常去闻闻它呢。”

“你讲的真是奇妙极了！”这人说，“你有瓶装的诗？”

“比你所能接受的还多！”沼泽女人非常轻蔑地说，“你知道，《踩着面包走的女孩》这个故事吧？她这样做，为的是怕弄脏了她的新鞋子。这个故事被写下来，而且还被印出来了。”

“这个故事是我亲自讲出来的。”这人很自信地说。

“对，那么你就应该知道它了。”沼泽女人说，“你也知道下面的事情，那个女孩立刻就沉到地底下的沼泽女人那儿去了——那个魔鬼的老太太这时正来拜访，为的是要检查一下自己的酒厂。她一看见这个女孩子就要求把她也一起带走，作为她来拜访的一个纪念品。没有费多大劲儿就轻而易举地得到了这个孩子，我也得到了一件毫无用处的礼品。它是一个旅行药箱——整柜子全是所谓的瓶装的诗。老太太告诉我柜子应该放在什么地方——它还立在那儿一动也没动。请你去看一下吧！你衣袋里装着七棵带四片叶子的苜蓿——其中一棵是六片叶子——所以你应该能够看得见它。”

的确，沼泽地的中央矗立着一根很粗的赤杨树干。它就是老太太的柜子。沼泽女人说，这柜子对她和对任何国家、任何时代的人都是永远开着，人们只需知道它在什么地方就已经足够了。它的前面后面，每一边和每一角都是可以自由打开——真是一件完整的艺术品，但是它的样子却像一根赤杨的树干。各国的诗人，我们自己国家的诗人尤其如此，都是在这诞生的。他们的精神让人可以无限思虑、品评、翻新和纯净之后才能放到里面去。祖母以她“极大的本能”——这是人们非常不情愿说“天才”时所用的一个字眼——把这个或那个诗人的味道，再加上一点点儿鬼才，混合在一起封在瓶子里，未来的某一天就会派上大用途的。

“我请求你让我好好看看！”这人说。

“是的，还有更重要的事情在后面呢！”沼泽女人紧接着说。

“不过现在我们是在这个柜子旁边呀！”这人说，同时朝里面看。“这儿有各种不同体积的瓶子。这一个里面装的究竟是一些什么呢？那一个里面装的又是些什么呢？”

“这就是人们所谓的五月香，”沼泽女人说，“我自己从来没有用过的，不过我知道，如果把酒洒一滴到地上的话，马上就会有一个长满了睡莲、水芋和野薄荷的美丽的小湖立刻出现在我们眼前。你只需滴两滴到一本旧练习簿上——甚至小学最低的年级的练习簿上——这本子就能够作为一部芬芳的剧本。它可以上演，也可以叫你睡过去了，因为它的香气是那么芬芳强烈。瓶子上贴着这样的标签：‘沼泽女人监制’——其用意无非是要恭维我一番罢了。”

“这是一个‘造谣瓶’。它里面装着的似乎只是这个世界上最脏的水。在这个的里面的确是最脏的水的，不过它还含有市侩们流言飞语的发酵粉、三两谎话和二钱真理。这几种成分被桦木条搅成了一团——不是在咸水里浸了很久的、专门用于打犯人的流着血的背的那种枝条，也不是小学老师用的那种教育不听话学生的枝条，而是从扫沟渠的扫帚上抽下来的一根枝条。”

“这是一个装满了仿照圣诗调子写的，虔诚的诗的瓶子。每一滴都是可以发出像地狱门那样的响声。它是用刑罚的血和汗所做成的。有的人说它不过是一点鸽子的胆汁罢了。不过，鸽子是最虔诚的动物，并没有一丝一毫的胆汁的那些不懂得博物学的人都是这样讲的。”

“这是一个最大的瓶子，它占了半个柜子的面积——装满了日常生活中一切琐事故事的瓶子。它是用膀胱和猪皮包着的，因为它的力量不能被蒸发掉的。每个民族都可以按照自己摇瓶子的方法做出适合自己的汤。这儿存在着悠远的德国血汤，里面还有强盗的肉丸子。这儿还有稀薄的农民汤，在它里面真正的枢密大臣像豆子似的一沉到底，而面上则浮着富有哲学意味的所谓的胖眼睛。这儿有英国的女管家汤和法国用鸡腿和麻雀腿熬的‘鸡汤’——这在丹麦文里叫做‘康康舞汤’，挺丰盛吧。不过最好的汤是‘哥本哈根汤’。家里的人都是一直这样讲的。”

“这是一个装香槟的瓶子，里面装着‘悲剧’。它能爆裂的，它也应该是这样的。喜剧是像能打到眼里去的细沙——这也就是说，较细致耐人寻味的喜剧。瓶子里也有较粗的喜剧，不过它们还只是一些待用的剧名——其中有些十分知名的剧名，如《你敢向机器里吐痰吗》、《一记耳光》、《可爱的驴子》和《她喝得烂醉》，等等。”

这个人听到这些话，就深深地沉入幻想中去了。不过，沼泽女人想得更远一些，她想把事情做个非常完美的结束。

“这个老柜子你已经看得非常久了！”她说，“你已经知道它里面究竟有些什么东西了。不过你应该知道对我们而言更有用一些的东西，你还不知道的。鬼火现在到城里来了！这比诗和童话要重要得多啊。我的确应该闭嘴了，不过大概有某种力量，某种命运，某种人力所无法阻挡的东西塞在了我的喉咙里，老是要跑出来似的。鬼火进了城！他们在城里猖狂地作乱！你们人呵，现在可要当心啦！”

“你说的这一套，我连半个字也听不懂！”这人有些愤怒地说。

“请劳驾坐在柜子上吧。”她说，“不过，请你当心不要把那个东西坐塌了，把瓶子打碎——你知道它们里面究竟装着什么东西。有一件大事我非得讲出来不可。它还是前几天发生的，并没有多长的时间。它的有效期限还有 364 天。我想你知道一年有多少日子吧？”

下面是沼泽女人所讲的话：

“昨天沼泽地上有一个热闹的大场面！那是孩子们的盛会！小鬼火出生了！”

“事实上他们有 12 个是要同时出生的。他们得到了许可：如果他们愿意的话，可以跑到人世间去，也可按自己的心愿行动，发号施令，仿佛他们生下来就和人一样。这是发生在沼泽地上的一件大事，因此，鬼火在沼泽地和草原上，就像亮光那样，男的女的都在翩翩起舞——因为他们中间有几个是女性，事实上她们不经常出门。我坐在那个柜子上，把这 12 个新生的小鬼火都抱在了我的膝上。他们像萤火虫似的发出非常好看的亮光来。他们已经开始跳起舞来了，而他们的体积每一秒钟都在不间断地增长，因此不到一刻钟，他们的样子就好像他们的父亲和叔父那样高大了。按照大家公认的一个老规矩，如果今天晚上的月亮能够和昨天一样的话，风吹得完全像昨天一样的话，在这个时刻所出生的一切鬼火，都是很自然的有权变成人类的，而他们每一个人，在一年的时限内，可以行使他们的这种与生俱来的自然权利。如果每个鬼火不怕掉进大海里去、不怕被风暴吹灭的话，他就可以跑遍全国所有的地方，跑遍整个的世界。他可以附在一个人身上，代他讲话，任意地自由行动。一个鬼火可以随意以任何的方式出现，他可以是男人或者是女人，可以依照他们的意志自由行动，但是必须走自己选择的路，把他想要做的事都做出来。不过他在一年之中要大规模地把 365 个人引入歧途：把他们从真理和正确的道路上全部都带到歧路上去。只有这样，一个鬼火才能达到它事业的最高峰——成为魔鬼专车前面的一个小跑腿。这样，他就可以穿起深黄色的衣服，从喉咙里喷出火焰来了。这足够使一个普通的鬼火心满意足。不过，里面也有一些凶险。一个有抱负的鬼火如果能实现这么一个出色的任务，一定会碰到一些麻烦的。如果一个人的眼睛能看清面前是什么东西，而把鬼火不费吹灰之力一口气吹走的话，那么鬼火就会彻底完蛋，它只有再回到沼泽里来以获得再生。同样，如果鬼火在一年终结以前回家来一次的话，也就是放弃他们的工作，那么他也就完蛋了，再也不能照得很亮，很快就会自生自灭的，再也燃不起来了。当一年终了的时候，如果他还没有把365个人带离正确的轨道、离开真理和一切善良美好的东西的话，那么他就要被监禁在一块腐木里面，对于一个活泼的鬼火来说，这是再残忍不过的一种惩罚了啊。我完全清楚这些。同时我也把这事情讲给我抱在膝盖上的12个鬼火听。他们听过后笑起来，简直都不能自已了。我告诉他们，说最安全和最简单的办法是放弃这种光荣，什么事情也不干。可是小鬼火们不同意这种说法。他们已经幻想自己穿起深黄的衣服，从喉咙里喷出火来。'和我们住在一起吧！'年老的几位鬼火说。'你们去和人开玩笑吧，'另外几位说。'人把我们的草地都滤干了！他们已经开始在排水。我们的后代将怎么活下去呢?''我们要发出火光来！发出火光来！'新生的鬼火说。事情就这样肯定下来了。"

"一个舞会开始了——时间只有一秒钟，它不能再短了。妖姑娘们和别的妖姑娘们转了三个圈，为的是不要显得那么骄傲，她们一般只是和她们自己跳舞。接着舞会发起人就散发了礼品'打水漂'——这就是礼物的名字。礼物像矽石似的在沼泽地的水面上飞过去。每个姑娘又彼此赠送了一小片面纱。'把这也拿去吧！'她们说，'那么你就会跳更高级的舞——那些必不可少的比较困难的旋转和扭腰。这样你们就更有风度了，你们就可以在上流社会里表现自己。'夜渡乌教每一个年轻的鬼火说：'好——好——好。'而且教他们在什么场合说最恰当的话。这是一件最大的礼物，它可以使你受用不尽的。猫头鹰和鹳鸟也提出了一些意见——不过他们说，这都是不值一提的，因此我们就不提了。国王瓦尔得马尔这时正来到沼泽地上来野猎。当这些贵族们听到这个盛会时，他们就赠送了一对漂亮的猎犬作为礼品。它们追起东西来像风一样的快，同时能够背起一个到三个鬼火。两个老梦魔——他们靠骑着东西飞行过日子——也来参加了这次非常隆重的盛会。他们马上就开始教授起钻钥匙孔的技术来了，使得所有的门形同虚设一样。这两位老梦魔还提议把小鬼火们要都弄到城市里去实习，因为城里的情形他们是非常熟悉。他们一般是骑在自己的鬃毛上在空中不知不觉地飞过，而且总是把毛打上一个结，因为他们喜欢坐在硬席子上。可是他们现在叉着腿坐在猎犬的身上，把这些年轻的小鬼火——他们打算到城里去实现自己的梦想——抱在怀里，于是嘘的一声，他们就立刻踪迹全无了。”

“这全是昨天夜里发生的事。现在鬼火到城里来了，一刻不停歇地开始工作了——不过怎样进行呢？唉！你能够告诉我吗？我的大脚指头里有一根气候线。它总是会告诉我一些事情的。”

“这倒是一个听上去十分完整的童话啊。”这人说。

“是的，不过这只是童话的一个开头部分而已，”沼泽女人说，“你能告诉我，鬼火的行为和做的事情具体都是怎么样的吗？他们以什么样的形态来把人引入邪路上去呢？说得具体一些好吗？”

“我相信，”这人说，“人们可以写成一部关于鬼火传奇的，分十二卷，每一卷谈一个鬼火的传奇的故事。也许更好是写成一部十分通俗的剧本。”

“你写吧，”沼泽女人说，“不过，最好还是让它自己用自己的行动去写吧。”

“是的，那当然就更容易了，更舒服不过了，”这人说，“因为那样的话，我们就不会受报纸的束缚了。受报纸的拘束，其不舒服的程度和鬼火关在朽木里，而不敢说一句话事实上没什么两样。”

“这和我没有任何的关系，”沼泽女人有些不耐烦地说，“让别的人去写吧！我把我桶上的一个旧塞子给你。它可以打开放着诗瓶的那个柜子的门的，你可以从那里随意拿出任何需要的东西。可是你，亲爱的朋友，你的手似乎被墨水染得够黑的了。你似乎已经到了已经是懂事的年龄了，不必每年东跑西颠地去寻找童话了。世上特别应该做的重要事情还多着呢。你已知道现在发生了什么事情了吧？”

“鬼火现在已经进城了!”这人心领神会地说，“我听过有关此事的消息的，我也逐渐地懂得这件事情了！不过你觉得我应该怎么办呢？如果我对人说，‘看呀，鬼火穿着庄严的衣服在那里活动呢!’人们一定会把我狠狠地痛打一顿。”

“他们有时也穿着裙子在那里活动呀!”沼泽女人说，“一个鬼火可以用各种形式，在任何地方出现。他到教堂里去闲逛，不是为了去做什么高尚的礼拜，而是为了要附在牧师的身上。他在选举的时候演讲，不是为了国家的什么至高无上的利益，而是为了他自己而已。他是一个画家，也可以是一个演员。不过，他把权力抓到手上以后，它的颜料匣子可就在不知不觉中变空了！我闲聊了一阵子，但是我必须把塞在我喉头的东西再次拉出来，即使这对于我的家庭不利也在所不惜。现在我要把许多人救出来!这并不是因为出自我的什么善意，或者是为了要得到一枚勋章。我要做出我能做到的最疯狂的事，我把这事告诉给了一个诗人，只有这样，整个城市才会马上知道的。”

“城市好像什么也没有发生似的，”这人说，“谁也不会感到任何的惊慌。当我以极端严肃的态度告诉他们说，‘沼泽女人说过，鬼火已经进城了。你们当心啦!’人们将认为我不过是对他们讲一个童话罢了。”

茶 壶

很久以前，有一个很傲慢无礼的茶壶，它为自己是由美丽光滑的瓷做的而感到非常骄傲，又因为是长壶嘴和大把手而更加飘飘然了。它的前后都有东西：壶嘴在前，把手在后，它经常张口闭口都是那两句俗套。可它从来不提它的壶盖，因为壶盖裂开了，用钉子钉着才勉强能用，虽然有这个毛病，但没有人爱把自己的毛病经常拿来说事，除非别人说出来。杯子、奶油盅、糖缸，说实话是整套茶具——对壶盖的毛病远比茶壶自己想得要多，谈它要比谈完好无损的把手还有漂亮的壶嘴多一些。茶壶对这一点也心知肚明。

“我知道这一切，”它心里说。“我不是不清楚我的缺点，我知道自己的缺点，这也表明我很谦虚。我们全都有缺点，同时，我们也有优点。杯子有把手，糖缸有盖子，但是，这两样我都有，而且我还多一样，这一样它们永远都不会有，我有一个狭长而美丽的壶嘴，就完全可以使我成为茶桌上的女王了。糖缸和奶油盅只能成为甜食的仆人，但我是司令，是发号施令的司令！我赐福于干渴的人类。在我的一再央求下，茶叶才给平淡的开水带来香气。”

茶壶在它精力旺盛时常这么说话。它站在准备好的茶点桌上，这时一双娇嫩的手拿起它。但是那只手却极其笨拙。茶壶掉在了地上，壶嘴断了，把手也断成了两段，盖子就更不用说了。茶壶昏倒在地，开水从它的身体里流了出来。它受到了一次巨大的打击，但最令人无法接受的是大家都取笑它，而不是笑那只笨拙的手。

“这件事情我将终身难忘!”茶壶后来回忆往事时愤愤地说。“我被他们称为破烂，扔在一个黑暗的角落里，第二天又被扔给了一个来讨饭的穷苦女人。我变成一个穷光蛋了，这些我都无话可说，但我在那里的生活在不知不觉中有了很大的起色。忽然之间变了个样。他们给我装满了泥土，对于一个茶壶而言，那简直是埋葬，可他们在这泥土里种下了一个花的球茎。但这是谁将它给了我，并种在我里面的，我不是完全明白。但是它确确实实被种在那里了，代替了茶叶和开水，断掉了的把手还有壶嘴终于又可以有一些用处了。球茎躺在泥土里，躺在我的身体里，它变成了我身体里涌流不断的心，它让我感受到了过去从未有过的东西。我也有了无穷的创造力，有了力量，我的脉搏开始跳动了起来。球茎也开始发了芽，思想和感觉也随之产生了，而且还开了花。我看到了它，我支撑着它，我居然在它的美中忘记了自我。为了别人而忘掉自己是一件多么让人难忘的事情啊!”

它没有感谢我，甚至想都没想过我——虽然如此，看到人人都在欣赏它，称赞它，我也无比的自豪。“有一天，我听到他们说，它应该有一个更漂亮的花盆时，他们残忍地将我敲成了两半，那是一种无法忍受的痛，花被放进了一个比我漂亮得多的花盆里，然后他们将我扔到外面宽敞的院子里，躺在那里的我，只不过是一堆毫无用处的陶瓷碎片。而在我的脑海里依然残存着剩下的美好记忆，那是我永远无法失去的记忆!”

民歌的鸟儿

这正是寒冷冬天。大地盖满了雪，看起来很像是从石山雕刻出来的一块光滑、洁白的大理石。天很高，而且晴朗，蓝得很美丽，然而寒风像妖精炼出的一把尖锐的钢刀。树木看起来像开满花的杏树。这儿的空气像阿尔卑斯山上的空气那样清鲜。

无数闪耀着的星星和北极光，使夜空显得格外的美丽。

暴风吹起来了。快速飞行的云块撒下一层天鹅的绒毛。漫天飞舞的雪花，盖满了寂寞的房子、路、无人的街和空旷的田野。但是当我们坐在温暖舒适的房间里，坐在熊熊的火炉边，谈论着古时候的事情。我们听到了这样一个故事：

在大海边有一座规模庞大的古代战士的坟墓。坟墓上坐着一位埋在地下英雄的幽灵。他曾经是一个英勇的国王。他的额头上射出一道金黄色的光圈，全身穿着铠甲，长发在空中飞舞。但他哀伤地垂着头，并痛苦地叹着气——他就像一个没有得救的灵魂。

这时有一艘船从这个坟墓旁边经过。水手们抛下锚，走到陆地上。他们之间有一个歌手。他走近这位曾经皇家的幽灵，问：

“你为什么要这样难过和悲哀呢？”

幽灵回答说：

“谁也没有为我歌唱过我一生的事迹。这些事迹现在消逝了，死亡了。没有任何歌把它们传播到我的国家，把它们送到我子民的心里去。因此我得不着休息，得不着安宁。”

于是这个人就谈起他伟大的功绩和他的事业。他同时代的人几乎都知道这些事情，不过从来没有人把它们唱出来，因为他们之中没有一个歌手。

这位年老的弹唱诗人缓缓拨动他竖琴上的琴弦。他歌唱着这个威武的国王青年时代的英勇，壮年时代的威严，和他那些伟大的事迹。幽灵的面孔慢慢射出了耀眼的光彩，像反映着月光的明亮的云彩。幽灵在光华灿烂的景象中，怀着幸福和愉快的心情，站起来，接着就像一道北极光似的“嗖”的一下不见了。除了剩下的一座盖满了绿草的土丘之外，而现在什么也没有了——连一块刻有龙尼文字的石碑也没有留下。但是当琴弦发出它最后声响的时候，忽然有一只鸟唱着歌飞出来了——就像它是直接从竖琴里飞出来的一样。这是一只非常漂亮的歌鸟。它有人心一样搏动的颤音，画眉一样响亮的声调，和那种使人怀念的、家乡的歌谣。这只歌鸟越过深谷和高山，越过森林和田野，飞走了。它是一只唱着民歌的鸟，它永远也不会死亡。

我们听到过它的歌。在一个冬天的晚上，我们在房间里，听到它的歌。这只鸟儿不仅仅只唱关于英雄的颂歌，它还唱着温柔的、甜蜜的、爱情颂歌。它甚至还唱出北国纯朴的风格。它可以用歌调和字句讲出许多动人的故事。这些生动的语言，就像藏在死人舌头底下的龙尼诗句一样，不得不唱出来。“民歌的鸟儿”就能使我们清晰地认识我们的祖国了。

在维京人的时代，在异教徒的时代，它的巢是筑在竖琴诗人的竖琴上的。在骑士的时代里，往往拳头是掌握着公理的尺度，武力代表着正义，狗和农民处于同等的地位——在这个时代里，这只歌鸟要到什么地方去找避乱所呢？愚蠢和暴力是不会考虑这个问题。

但是当骑士堡寨里的女主人坐在堡寨的窗前时，就把旧时的回忆，在羊皮纸上写成歌和故事。在一个简陋的茅屋里，有一个旅行的小贩坐在一个农家妇人身边的凳子上正讲着故事。正在这时候，这只歌鸟就在他们头上盘旋的飞翔，喃喃地唱着，叫着。只要这个大地上还有一块它可以立足的山丘，这只“民歌的鸟儿”就一辈子不会死亡。

它现在正对着坐在屋子里的我们唱着歌。外面是黑夜和暴风雪。它把龙尼文的诗句压放在我们的舌头底下，于是我们就了解了我们祖先的国土。上帝通过“民歌的鸟儿”的歌调歌词，对我们讲着我们祖国母亲的语言。仿佛古时的记忆复活了一样，使连那黯淡的颜色也重新发出新鲜的光彩。民歌和传说像幸福纯烈的美酒，把我们的思想和灵魂都陶醉了，所以这一晚变成了一个圣诞的节日。

冰块在碎裂，雪花在飞舞。外面呼啸着风暴。风暴有强大的威力，它几乎主宰着一切——但大家都知道它不是我们的上帝。

寒风像妖精炼出的一把尖锐的钢刀。雪花在纷乱地飞——在我们看起来，它似乎已经飞了好几天和好几个星期，它像一座庞大的雪山压拢在整个城上，它像冬夜里的一个沉重的梦。地上的万物都被掩盖住了，只有那教堂的金十字架——象征着信心——虽然高高地立在这个雪地上，在蓝色的空中，在明亮的太阳光里，射出绚烂的光辉。

在这个几乎被埋葬了的城市上空，飞翔着大大小小的太空鸟。每只鸟儿都用自己的歌喉，在尽情地歌，在尽情地唱。

最先飞来的是一群麻雀：它们把大街小巷里，房子里和巢里的一切事情全都毫无保留地讲了出来。

“我们知道这个差不多被埋葬了的城市，”它们说，“所有住在它里面的人都在吱！叽！吱！”

黑色的乌鸦和大渡鸟在白雪上飞过。

“呱！呱！”它们叫着。“雪底下还埋有一些东西，一些可以食用的东西——这是最最重要的事情了。这是下面大多数人的意见。而这意见是对——对的——对！”

野天鹅飕飕地拍着翅膀飞来了。它们歌唱着高贵和伟大的感情。这种感情是从人的灵魂和思想中产生出来的——虽然这些人现在住在被雪覆盖的城里。

但是那里面并没有死亡，那里面依然有生命存在。这一点我们可以从它的歌调中听得出来。歌调像是从教堂风琴中发出来的；它像奥仙的歌声；像妖山上的闹声；像瓦尔古里的飕飕的拍翘声，无时无刻不吸引住我们的注意力。多么和谐美妙的声音啊！这种和声钻进我们心灵的深处，使我们的思想一下变得高超起来——这就是我们所能听到的“民歌的鸟儿”的歌声！正在这时候，天空温暖的气息从上面徐徐吹下来。太阳光射进裂缝里去，雪山裂开了。春天到来了；鸟儿又回来了；新的一代，心里带着相同故乡的声音，也回来了。请听听这一年的故事吧：狂暴的风雪，冬夜的恶梦！一切都将会消逝的，一切将会从不灭的“民歌的鸟儿”的美妙歌喉中获得新的生命。

小小的绿东西

我窗前有一株绿玫瑰花。不久之前它还是一副青春焕发的样子，但是现在它却显示出了病容。我想它正在害某种病。

有一堆不速之客在它身上一口一口地把它瓜分掉。要不是因为这个缘故，这一群穿着绿制服的朋友们其实倒是蛮好看的。

我和这些客人其中的一位曾经谈过话。他的年龄还不过三天，但是他却已经是一个老爷爷了。你知道他讲过什么样的话吗？他所讲的全是真话。他讲着关于他自己和这一大群朋友之间的事情。

“在世界生物中我们是一个最了不起的队伍。在温暖的季节里，我们生出活泼的孩子们。只要天气非常好，我们立刻就可以订婚，然后马上举行婚礼。天气冷的时候，我们就找个地方生起蛋来。小家伙在那里面睡得才舒服哩。我认为最聪明的动物应属于蚂蚁了。我们非常尊敬他们。他们打量我们和研究我们。但是他们从不马上把我们吃掉。他们先把我们的蛋搬走，并放在家族的共同蚁窟里最低的一层楼上，同时在我们每个人身上打下号数和标记，把我们一个挨着一个地、一层一层地排好，以便每天都能有一个新的生命从蛋里孵化出来。然后他们就会把我们关进栅栏里，捏着我们的后腿，使劲地挤出我们的奶，一直到我们死去为止。这可真是痛快啦！他们送我们一个特别美丽的称号：‘甜蜜的小奶牛！’具有蚂蚁这种知识的一切动物都叫我们这个名字。只有人是例外——我们都认为这对我们是一种极大的侮辱，气得我们几乎完全失去了‘甜蜜性’。你可不可以写点文章来反对这件事儿呢，叫这些人能懂得最基本的一点道理呢？他们绷着脸，那样傻气地望着我们，还用那样生气的眼光望着我们，而这都只不过是由于我们把玫瑰的叶子吃掉了。但是他们怎么不想想自己却吃掉一切活的东西，一切会生长的和绿色的东西。他们给我们起些最丑恶的、最下贱的名字。噢，那真是使我作呕啊！我说不出口，最低限度是在穿着制服时说不出口，而我却永远穿着制服的。”

“我是出生在一个玫瑰树叶子上。我和整个队伍全靠玫瑰叶子生活，但是玫瑰叶子却可以在我们身体里面活着——我们属于高一等的动物。人类总是憎恨我们，他们拿肥皂泡来消灭我们，这种东西的味道真是令人难受！我想我闻到过它！每一个人并不是为洗涤而生下来的，因此被洗涤真是一种可怕的事情！”

“人啊！你用肥皂泡和严厉的眼光来看我们，请你们想想我们在大自然中的地位我们生蛋和产孩子的天才机构吧！我们应该得到祝福：‘愿你们繁殖和生长！’我们生在玫瑰花里，死在玫瑰花里。整个一生就像是一首诗。请你不要把那种最丑恶的、最可怕的名字强加到我们身上来吧——我们说不出口，几乎也叫不出来的那种名字！请把我们叫做玫瑰树的队伍、蚂蚁的奶牛、小小的绿东西吧！”

我作为一个人，站在一旁，望着这株有点病态的玫瑰，望着这些小小的绿东西——它们的名字我现在不愿意喊出来。我也不愿意侮辱每一个玫瑰中的公民，而且这是一个有许多卵子和小孩的大家族。本来我是带着恶意和肥皂水来的，打算彻底地喷他们一通。现在我打算把这肥皂水吹成泡泡，然后静静凝望着它们的美，可能每个泡里面都会有一篇幸福的童话。

泡越变越大，经过阳光泛出各种颜色。泡里好像都藏着一粒粒珍珠。泡翱翔着，浮起来，飞到一扇门上，于是爆裂了。但是，这扇门忽然开了；童话妈妈就站在门口。

“是的，有关于那些小小的绿东西——我不愿说出他们的名字！——的事情，童话妈妈讲的要比我好得太多。”

“蚜虫！”童话妈妈说，“对任何东西我们应该叫出它正确的名字。即使我们在一般场合下不敢叫，那么至少我们可以在童话中叫出的。”

小鬼和太太

你认识小鬼，但是你认识那个太太——就是园丁的妻子吗？她能背诵许多诗篇，很有学问，还能提笔作诗呢。但是只有韵脚——她把这些诗叫做“顺口字”——虽然这使她感到有点麻烦。她有讲话的天赋和写作的天赋。她甚至可以当一个牧师，最差也能当一个牧师的太太。

“星期日穿上了服装的大地如此的美丽！”她说。于是她把这个意思写成“顺口字”和文，最后就编成一首又长又美的诗。

专业学校的学生吉塞路普先生——当然他的名字跟这个故事其实没有什么关系——是她的外甥。他今天来拜访舅妈。因为之前他听到过她的诗，他说舅妈的诗对他非常有益。

“舅妈，你实在是太有才气！”他说。

“简直是胡说八道！”园丁说，“请你千万不要把这种思想灌输进她的脑袋里去吧。一个女人本就应该是一个老老实实的人，一个实际的人，在家里好好地看着饭锅，避免把稀饭烧出焦味来。”

“我知道一种方法，可以用一块木炭把稀饭里的焦味去掉的呀！”太太说，“至于你身上的焦糊味，我只须轻轻的一吻就可以去除掉了。别人以为你的心里只想着马铃薯和白菜，事实上你还特别喜欢花！”于是舅妈亲吻了他一下。“才气就是花呀！”她说。

“请你还是看着家里的那个饭锅吧！”丈夫说。说完他就又走进花园里去了，因为他得照料它，花园就是他的饭锅。

太太和学生坐下来，开始热切地讨论问题。他说“大地是美丽的”

这句格外可爱的词儿发了一大通评论，因为这是他一直以来的习惯。

“大地是美丽的。人们说：我们一定要征服它！于是我们就成了它至高无上的统治者。有的人用身体来统治它；有的人用精神来统治它；有的人像一个惊叹号来到这个世界上；有的人来到这个世界上却像一个破折号。这使我不禁就要问了：他到底来做什么呢？那个人成为穷学生，这个人成为主教，但是一切都被安排得如此井井有条。大地是美丽的，而且总是身着节日的盛装！舅妈，这件事本身就是一首充满了知识和感情的、令人深省的诗啊。”

“吉塞路普先生，你十分有才气！”太太说，“并且是很大的才气！我这个人从不说假话。当一个人跟你谈过一席话后，你立刻就能完全了解自己。”

他们谈得趣味相投，就这样一直谈下去。不过厨房里也有一个人在谈话，这人就是那个戴一顶红帽子，穿灰衣服的小鬼。你应该是知道他的吧！小鬼坐在厨房里，一个人看着饭锅。他一人无聊的在自言自语，但是除了一只大黑猫——太太总是把他叫做“牛酪贼”——以外，谁也不理他了。

小鬼真的很生太太的气，因为他知道她从来没有想到他的存在。当作没有看见过他，不过她是这样的有才识，也就应该知道他是存在的呀。同时也应该对他稍微表示一点关心才对啊。但是她从来就没有想到过，在圣诞节的晚上，她应该给他一汤匙稀饭吃的。因为这点儿稀饭，他的祖先总是得到的，并且给的人还是一些没有才学的太太们，而且稀饭里还有丰富的奶酪和黄油呢。猫儿听到这话时，口水都滴到胡子上去了。

“她说我的存在只不过是一个概念罢了！”小鬼说，“这真是超乎我所有概念以外的一个想法。她简直就是在否定我的存在！我以前听到她说过这样的话，就在刚才我又听到她说了这样的话。她跟那个学生——那个盛酪的小牛皮大王——坐在一起胡说八道。我对太太说：‘当心稀饭锅啊！’她却一点也不把这话放在心上。我现在可要让它熬焦了！”

于是小鬼就把火吹的越来越旺。火马上就燎起来了。“隆——隆——隆!”这是粥正在熬焦的声音。

“现在我要打些洞在老头子的袜子上!”小鬼说,“我要在她的前趾和脚后跟上都弄出洞来,好叫她在写诗不忙的时候缝缝补补点什么东西。诗太太,请你好好忙碌地补补老头子的袜子吧!”

这时猫儿打了一个喷嚏。它伤风了,即使它老是穿着厚实的皮衣服。

“我打开了厨房门,”小鬼说,“因为里面正熬着一些奶油——那些奶油比浆糊还要浓。如果你不想舐几口的话,我可是要舐的!”

“如果将来由我来挨打和挨骂的话,”猫儿说,“我当然是要舐它几口的!”

“那还是先舐后挨吧!”小鬼说,“不过现在我必须要到那个学生的房间里去了,我要把他的袜子放进水罐里,把他的吊带挂在镜子上,好叫他相信是因为喝的混合酒太烈,导致他的脑袋在发昏。昨天晚上我坐在柴堆上,就在狗屋旁边的,跟看家狗开了一个大玩笑:我把我的腿悬在它头上晃来晃去。不管它跳得多高,它总是够不到。这可真是把它惹得火起来了。他又大叫,可是我只摇摆着我的腿。闹声可大啦。学生都被吵醒了,他起来三次朝外观望,可是即使他已经戴上了眼镜,却仍是看不见我。他这个人老是戴着眼镜睡觉的。”

“如果太太进来,请你喵一声吧!”猫儿说,“因为我的耳朵不大灵,我今天身体不舒服。”

“我想你正在害舐病!”小鬼说,“只要一舐就好了!让我们一起把你的病舐掉吧!但是这之前你得把胡子弄干净,千万不要让奶油留在上面!我现在要去了,你竖起耳朵听着吧。”

门是半掩着的,小鬼就站在门旁边。房间里学生和太太正在讨论被称为“家庭中超乎罐儿锅儿之上的一个问题——有关于才气的问题”。

“吉塞路普先生,”太太说,“我要现在给你一件有关这类的东西看看。我从来没有把这件东西给世界上的任何一个人看过——当然更别提给一个男人看过。这就是我所写的那几首小诗——不过其中有几首也很长的。它们被我叫做‘一个淑女的叮当集’！因为我这个人非常喜欢丹麦字的古雅。”

“是的，我们应该坚持使用古字的！”学生说，“我们应该把德文字从我们的语言中彻底清除出去。”

“哈，我就是这样办的！”太太说。“你根本就没有听到我用过 Butterdeig 或者 KLeiner 这样的字，我总是说 Bladdeig 和 Fedtkager。”

说完她从抽屉里取出一个厚重的本子；它的封面是淡绿色的，上面居然还有两块墨渍呢。

“这集子里有浓厚的真实情感！”她说，“我的感情总是带有极强烈的感伤的成份。这几首是‘我的晚霞’，‘深夜的叹息’。还有当我得到克伦门生——我现在的丈夫的时候——我想你可以把这首诗跳过去，虽然里面有感情，也有思想。‘主妇的责任’，我认为是最好的一首——像其他的一样，虽然都很感伤：这正是我的优点。其中只有一首是幽默的。它里面有些活泼的思想和话语——一个人有时不免是这样的。这是——请你千万不要笑我！——这是有关于‘作为一个女诗人’这个问题深刻的思想。只有我的抽屉和我自己知道这个思想，但你现在，亲爱的吉塞路普先生，也知道了。我喜欢诗：它使我着迷，它跟我开玩笑，它统治着我，它给我忠告。我用小鬼集这个书名来说明这个情况。你知道的，古时农民们有一种迷信，认为屋子里总是有一个小鬼在故弄玄虚。我想象我自己就是一个屋子，我身体里面的感情和诗就是小鬼——这个小鬼一直在主宰着我。我在小鬼集里歌唱他的威力。不过请你用嘴和手答应我：你千万不能把这个秘密告诉其他的人和甚至是我的丈夫。请你念吧，这样我就可以知道你是否能看清我所写的字。”

学生大声的念着，太太认真地听着，小鬼也在听着。你要知道，小鬼是在偷听的，而且他到来的时候，小鬼集这个书名恰恰正在被念出来。

“这居然跟我有关系！”他说，“她能写些关于我的哪些事情呢？我要捏她，我要捏她的小鸡，我要捏她的鸡蛋，我要把她的肥犊身上的膘全部弄掉。你们就看我怎样对付这个女人吧！”

他竖起耳朵，努起嘴巴，静静地听。不过当他听到小鬼是怎样有威力，小鬼是怎样管治着太太时（你要知道，她的意思仅仅是指诗，但是小鬼只从字面上理解了），他的脸上渐渐露出了笑容，他的眼睛还射出快乐的光彩。他的嘴角上翘表现出一种优越感，他踮着脚尖，举起脚跟站着，比原先足足高了一寸。关于一切这个小鬼的描写，使他感到极为高兴。

“太太实在是太有才气，也有很高的教养啊！我真是对不起她！她把我放进她的叮当集里，而这集子以后将会印出来，被所有人阅读！现在我可不能让猫儿再吃她的奶油了，我要留给自己吃。一个人总会比两个人吃得少些的——这不管怎样都是一种节约。我要尊敬、介绍和恭维太太！”

“他才算得是一个人呢！这个小鬼！”老猫儿说，“太太只要温柔地喵一下——喵一下，关于他的事情，他就会马上改变态度。真是太狡猾了！”

不过这倒不是因为太太狡猾，而是由于小鬼是一个“人”的缘故。

你可以去问问人，如果你不懂这个故事，但是请你不要问太太，也不要问小鬼。

贝脱、比脱和比尔

现在的小孩子所了解的事情可真多，真是叫人难以相信！你很难说出他们有什么事情是不知道的。说是鹳鸟把他们从磨坊水闸里或井里捞起来，然后当做小孩子把他们送给爸爸和妈妈——他们认为这是一个古老的故事，半点也不相信。但这却是唯一的一件真事情。

不过小孩子又怎样来到井里和磨坊水闸的呢？的确，谁也不知道这些事，但有些人还是知道的。你在满天星斗的夜里认真瞧过那些流星和天空吗？你似乎可以看到有星星在落下来，又不见了！连最有学识的人也没有方法把自己不知道的事情来解释的一清二楚。不过假如你知道原因的话，你是可以作出一些解释的。那像是一根圣诞节的蜡烛，它从天上落下来，很快便熄灭了。它是一颗来自上帝身边的“灵魂的大星”。它向大地飞下；当它接触到我们沉浊的空气的时候，就马上失去了光彩。它变成一个我们用肉眼无法看见的东西，原因是它比我们的空气还要轻得多：它是天上送下来的一个孩子——一个美丽的安琪儿，但是却没有翅膀，因为这个小家伙将要成为一个人。风把它送进一朵花里去。它轻轻地在空中飞。这可能是一朵兰花，一朵玫瑰花，一朵蒲公英，或是一朵樱花。它躺在花蕊里面，慢慢恢复它的精神。

它的身体轻飘飘的，一个苍蝇几乎就能把它带走。不管怎样，蜜蜂是能把它带走的，而它们是经常飞来飞去的，在花里寻找甜美的花蜜。这个空气的孩子如果在路上捣蛋，它们是决不会把它送回去的，因为它们不忍心这样做。它们把它带到耀眼的阳光中去，放在睡莲宽大的花瓣上。然后它就从这儿爬进水里。它在水里生长和睡觉，直到鹳鸟看到它，把它送到一个期盼可爱孩子的人家里去为止。不过这个小家伙是否可爱，那完全要看它是错吃了泥巴和青浮草，还是喝过了清洁的泉水——前者会把人弄得十分不干净。

鹳鸟只要第一眼看到一个孩子就会把他衔起来，它们并不加以选择。这个来到一个富裕的好家庭里，遇见理想的父母；那个来到特别穷困的人家里——这样还不如待在磨坊水闸里好呢。

这些小家伙一点也记不起，他们曾在睡莲花瓣下面做过什么梦。在睡莲花瓣底下，青蛙常常对他们歌唱："呱，呱！呱，呱！"用人类的语言表达的话这就等于是说："请你们现在尝试一下，看你们能不能睡着，做个好梦！"他们现在一点也记不起，他们最开始是躺在哪朵花里，花儿发出怎样甜美的香气。但是当他们长大成人以后，他们身上却会有某种气质，使他们都说："我最爱这朵花！"就是他们作为空气的孩子时所睡过的那朵花。

鹳鸟是一种相当古老的鸟儿。他十分关心他所送来的那些小家伙生活得到底怎样，行为好不好？他虽然不能改变他们的环境，或者帮助他们，因为他也有自己的家事。但是他在思想中却从来没有忘记过他们。

我认识一只特别善良的老鹳鸟。他有着丰富的经验，因为他送过许多小家伙到人们的家里去，他知道所有的历史——这里面多多少少总是牵扯到一些磨坊水闸里的青浮草和泥巴的。他不仅可以把一个人的历史，而是可以把三个人的历史都讲给我听。他们都是曾经发生在贝脱生家里面的。

贝脱生的家里是一个非常和睦的家庭。贝脱生是镇上 32 个参议员中的一位，而这是一种光荣的职命。他每天跟这 31 个人一起工作，一道娱乐消遣。鹳鸟送一个小小的贝脱到他的家里去了——贝脱是一个孩子的名字。第二年可爱的鹳鸟又送来了一个小孩子，他们把他叫作比脱。又接着第三个孩子也来了，他叫比尔，因为贝脱、比脱和比尔都是贝脱生这个姓的一部分。

因为他们就成了三兄弟。他们是在三朵不同的花里睡过，三颗流星，在磨坊水闸的睡莲花瓣下面曾住过。鹳鸟把他们送到贝脱生家里来。由于这家的屋子位于一个街角上，你们是都知晓的。

他们在思想和身体方面都逐渐长成了大人，并渴望成为比那 32 个人还要再伟大一点的人物。

贝脱说，他要当一个强盗。因为他曾经看过“魔鬼兄弟”这出戏，并为此着迷，所以他认为，做一个大盗是世界上最令人愉快的事情。

比脱想当一个收破烂的人。至于比尔嘛，他是一个和蔼温柔的孩子，又肥又圆，只是有一个缺点喜欢咬指甲——当然这是他唯一的缺点。他想当“爸爸”。假如你问他们想在世界上做些什么事情，他们每个人就会这样回答你。

他们上学校。一个考倒数第一名，一个当班长，第三个不好不坏。虽然如此，他们可是同样聪明，同样好，而事实上也正是如此——这是他们非常有远见的父母所说的话。

他们参加孩子们的舞会。当没有人在旁的时候，三个孩子一起抽雪茄烟。他们交了许多朋友，得到学问。

正如每一个强盗一样，从极小的时候起贝脱就是很固执。他是一个非常非常顽皮的孩子，但是妈妈说，正是因为他有虫的缘故。顽皮的孩子肚子里总是有虫——那是肚皮里的泥巴。他固执和生硬的脾气有一天在妈妈的新绸衣上表现了。

“不要推咖啡桌，我的羔羊！”妈妈说，“你会把奶油壶推翻的，在我的新绸衣上弄出一大块脏稀的油渍来的！”

这位“羔羊”一把就抓住奶油壶，并且把一壶浓稠的奶油倒在妈蚂的新衣服上了。妈妈只好说：“羔羊！羔羊！你真是太不体贴人了！”但是她又不得不承认，这孩子有着坚强的意志。坚强的意志代表性格，在一个妈妈眼中，这是一种非常有出息的表现。

他很有可能成为一个强盗，但是他却没有真正成为一个强盗。他只是样子有些像一个强盗罢了：他经常光脖子，戴着一顶无边帽，并且留着一头又乱又长的头发。他有时又想要成为一个艺术家，不过他只是在服装穿着上是这样，实际上看起来很像一株蜀葵。他所画的一些人也很像蜀葵，因为把他们都画得又瘦又长。所以鹳鸟说，因为他在一朵蜀葵里住过。他十分喜欢这种花。

比脱曾经在金凤花里睡过，因此在他的嘴角边现出一种黄油的可笑的表情。因为他的皮肤是黄的，只要在他的脸上划一刀，他就会有黄油冒出来。他就像是一个天生卖黄油的人，因为他本人就像是一个黄油招牌。但是在他内心里却是一个“卡嗒卡嗒人”。他代表贝脱生一家在音乐方面所有的遗传。“不过就对于他们一家说来，音乐的成份已经够多的了！”邻居们说。他在一个星期中编了 17 支新的波尔加舞曲，而他配上卡嗒卡嗒和喇叭，把它们组成了一部歌剧。唔，那才可爱嘞！

比尔的脸上有白有红，相貌平常，身材矮小。他之前在一朵雏菊里睡过。当别的孩子欺负他的时候，他从来不还手。他说他是最讲道理的人，讲道理的人总是在懂得及时让步的。他又是一个收藏家，他先收集印章，然后又收集石笔，最后他甚至弄到一个收藏博物的小匣子，里面装着一条棘鱼的全部骨头，一只剥制的鼹鼠和三只用酒精浸着的小耗子。比尔对于科学相当感到兴趣，这是由于他喜欢大自然。

他情愿到山林里去，而不愿去学校。他爱大自然却不喜欢纪律。他的兄弟们都已经订婚了，而他却只想着怎样去完成收集水鸟蛋的工作。他对于动物的了解非常丰富。他认为我们最应该重视的一个问题是——爱情，因为我们比不上动物。当他看到母夜莺正在孵蛋的时候，公夜莺整夜都是守在它旁边，并且为他亲爱的妻子唱歌：吱吱！嘀嘀！咯咯——丽！像这类的事儿，比尔可做不出来，连想都不会想出来。当鹳鸟妈妈跟孩子们一起睡在巢里的时候，鹳鸟爸爸就整夜用一只腿精神的站在屋顶上。比尔这样站连一个钟头都站不了。

有一天，当他正在研究一个蜘蛛网里面的小动物时，就完全放弃了要结婚的念头。蜘蛛先生忙着织网，为的是要网住那些粗心的苍蝇——年老的、年轻的、瘦的和胖的苍蝇。他生活的目的是为了织网养家，但是蜘蛛太太却只是专门为丈夫而活着。她为了爱他就会一口把他吃掉：她吃掉他的心、他的肚皮和他的头。只有他的一双又长又瘦的腿还留在网里，作为他之前为全家衣食奔波过的一番纪念。这是他从博物学中所得来的相当真理。比尔亲眼看见过这事情，他仔细探究过这个问题。“这样被自己的太太爱着，并在浓烈的爱情中就这样被自己的太太一口吞掉。不，人类之中可没有谁能够爱到这样的地步，不过这样的爱到底值不值得呢？”

因此比尔决定终身不结婚！她甚至连接吻都不愿意，他也不希望被别人亲吻，因为接吻可就是结婚的第一步呀。但是他却得到了一个吻——这是我们大家都会得到的一个吻，谁也躲避不了的：死神结实的一吻。等我们活到足够长的时间后，死神就会接收到一个命令：“把他亲吻死吧！”于是这个人就死了。上帝照射出一丝强烈的阳光，把人的眼睛都晃得看不见东西了。人的灵魂，来的时候像一颗流星，飞走的时候也十分像一颗流星，但是不同的是它不再躺在睡莲花瓣下做梦或一朵花里。因为它有更重要的事情要做了。它飞到那永恒的国度里去了，这个国度是一个什么样子的，没有一个能说出来。谁也没有看过，就连鹳鸟都没有去看过，虽然他能看得很远。他对于比尔所知道的不多，即使他很了解贝脱和比脱。不过有关于他们，我们已经听到够多了，我想你也是一样的。所以这一次我对鹳鸟说：“谢谢你了。”但是他要求一条小蛇和三只青蛙的报酬，如果是你愿不愿意给他呢？但是我不愿意的。因为我既没有小蛇，也没有青蛙呀。

藏着并不等于遗忘

从前有一座十分古老的房子，它的四周环绕着一条多湿泥的壕沟，而且沟上架着一座吊桥，这座桥吊着的时候远比放下的时候多，因为平时并没有多少来访的客人。屋檐下还有许多专门为开枪而造的枪眼——如果敌人走得特别近的话，也可以从这些枪眼里把白热的铅或开水淋到他们头上去。屋子里的梁都架的很高；这是很好的构造，因为炉子里烧着潮湿而粗大的木头，这样就可以使炉子里浓密的烟有地方可去。墙上挂着一些穿着铠甲的男人英俊的画像，和一大堆穿着华丽、庄严的太太们的画像。不过他们之中最尊贵的一位现在仍然住在这里。她是这个公馆里的女主人。她叫做美特·莫根斯。

有一天晚上突然来了一群强盗。他们打死了她家里的三个开门人，还加上一条看家狗。接着他们用粗重的狗链子把美特太太套在外面的狗窝上，他们自己则在豪华的客厅里坐下来，喝着从酒窖里取出来的酒——都是非常质地优良的麦芽酒。

美特太太被狗链子紧紧套着，但是她却不能做出狗吠声来。

强盗的一个小厮偷偷地走到她身边来。

“美特·莫根斯太大!”小厮说，“你记不记得一件事，当你的丈夫活着的时候，我的父亲得骑上木马，那时你替他求了情，但是没有一点好的结果。他只好骑，他因为一直骑变成了残废。但是你那时，像我现在一样做的，你亲手在他的脚下垫了两块石头，使他能够在骑的时候得到休息。当然也许谁也没有看见这件事情，或者人们看见了也是在装做没看见。你那时是一个慈悲、年轻的太太。这件事情是我从我父亲那里听说的。我没有对任何人说起过，但是我一直没有忘记！美特·莫根斯太太，现在我要做的就是释放你！”

他们两人从马厩里牵出马来，并在风雨中骑走了，而且得到了人们友善的帮助。

“我为你的父亲帮了一点小忙，现在所得到的报酬倒真是不少！”美特·莫根斯说。

“不说但并不等于忘记了！”小厮说。

后来强盗们都受到了绞刑的处罚。

另外还有那样一幢老房子，它现在依旧存在。它不是属于美特·莫根斯太太的，它现在是属于另外一个贵族家庭的。

事情是发生在我们这个时代里的。太阳照着塔上的金顶，小岛的上面长满了树，它们浮在水上就像一些花束，在这些岛的周围野天鹅游来游去。花园里长着许多漂亮的玫瑰。屋子的女主人本身就像是一朵特别美丽的玫瑰，它在快乐中——在与人为善的快乐中——射出耀人的光辉。但是他所做的好事并不表现在世人的眼中，而是一直藏在人们的心里——但是藏着并不等于就忘记。

她从这屋子走到田野上一个孤独立着的小茅棚子里去。茅棚里住着一个瘫痪的、穷困的女子。小房间里的窗子是向北开的，所以太阳光照不进来。她只能看见一小片田野。可是今天却有太阳光射进来了。她的房间里有上帝快乐的、温暖的阳光射进来。阳光是从屋子南边的窗子射进来的，而南边起初是有一堵高高的墙。

这个瘫痪患者沐浴在温暖的阳光里，望着海岸和树林。世界现在变得这样美丽和广阔，而这只须那幢房子里的美丽的太太说一句话就可以办得到。

“说这一句话是多么容易，帮一点忙是那么的轻松！”她说；“可是我所得到的是无边的幸福和伟大！”

正因为如此，她才做了很多的好事，富人屋子里和关心穷人屋子里的一切人们——因为即使是富人屋子里也会有痛苦的人。她的善行是隐藏着的，没有人看见，但是上帝并没有忘记。

还有另一幢老房子，它座落在一个热闹的大城市里。这幢房子里有客厅和房间，不过我们却不需要进去。我们只须去看看厨房就可以了。它里面是既明朗又温暖，既整齐又干净。桌子很亮，铜器皿闪着光，洗碗槽像刚刚擦过的案板一样的干净。这一切是一个特别能干的女佣人做的，但是她还能腾出时间把自己好好打扮一番，就像她是要到教堂里去做礼拜似的。她的帽子上有一个大的蝴蝶结——一个黑蝴蝶结。这说明她正在戴孝。但是她却没有什么人需要她哀悼，因为她没有父母，没有亲戚，也没有恋人。她只是一个贫寒的女子。她只跟一个穷苦的年轻人订过一次婚。他们彼此相亲相爱。

有一次他来看她。

"我们两人什么也没有!"他说，"对面的寡妇曾对我说过热情的话语。她说能使我富有，但是我心里只有你一个人。你觉得我怎么办才好呢!"

"你觉得怎样能使你幸福就怎样办吧!"女子说，"请你对她关爱些，和善些。不过请你记住，从我们分手的这个时刻起，我们两个人就不能见面了。

好几年过去了。她在街上遇见了她从前的恋人和朋友。他显出一副愁苦的样子。她的心中很难过，忍不住问了一声："你最近怎么样?"

"各方面都还好!"他说，"我的妻子是一个善良和正直的人，但是我的心中只想着你。我跟自己作过矛盾的斗争，这斗争现在就快要结束了。我们只能在上帝面前再见了。"

一个星期过去了。一天早晨，报纸上有一个小小的消息，说他已经死了。因此她现在为他戴上了孝。她的恋人死了，报上说他留下妻子和她前夫的三个孩子。铜钟发出很嘈杂的声音，但是铜的质地总归的是纯净的。

她的黑蝴蝶结表示哀悼的意思，但是看上去这个女子的面孔显得更悲哀。这悲哀藏在心里，但她永远不会遗忘。

啊，现在有三个故事了——像一根梗子上的三片花辩。你还希望有更多这样的美丽的苜蓿花瓣吗？在心中的书上有的是：它们被藏着，但没有被人遗忘。

迁居的日子

你还记得守塔人奥列吗！我曾经告诉过你有关于我两次去拜访他的情形。那么现在我要跟你讲讲我第三次的拜访，不过这并不是最后一次拜访。

一般说来，我总是在过年的时候到塔上去看他。不过这一次却不一样。因为这是在一个搬家的日子里，街上堆着许多破碗罐、垃圾和脏东西，令人感到非常不舒服。你必须得在这些东西之间走。我刚刚一走过来，就看到几个孩子在一大堆脏东西上玩耍的。他们玩着关于睡觉的游戏。觉得在这种地方玩这个游戏最适合。他们偎在一堆干燥的铺床的草里，把一张破旧的糊墙纸拉到身上这就算当做被单了。

“这真是痛快啊！”他们说。但我已经吃不消了。我急忙走开了，跑到奥列那儿去。

“这真是搬家的日子！”他说，“大街小巷简直就像一个箱子——一个庞大的垃圾箱。我只要有满满一车垃圾就足够了。我可以从中找出一丁点什么有价值的东西来。刚刚过完圣诞节，我也就立刻去找了。我走在街上——街上是又阴、又冷、又潮湿，足可以把你弄得伤风了。清道夫停下他的车子，车子上的垃圾装得满满的，真不愧是哥本哈根搬家日的一种典型示范。

“在车子后面立着一棵枞树。树叶还是绿的呐，它的枝子上还挂着许多闪闪发亮的金箔。它曾经是一棵喜庆的圣诞树，但是现在却被可怜地扔到街上来了。清道夫把它拿起并插到垃圾堆后面。至少现在它可以叫人看了感到愉快，也可以叫人痛哭一场。是的，我们可以说这两种可能性都是存在的。这完全要看你的想法是怎样了。我已经仔细想了一下，垃圾车里的个别一些物件也想了一下，或者它们想了一下——当然这都是半斤八两的，事实上并没有什么分别。

"车子里有一只被撕裂了的女手套。它在想什么呢？现在要不要我把它想的事情说出来告诉你呢？它安静地躺在那儿，用它的小指指着枞树。'这树和我有关系的！'它想，'因为我也出席过那灯火辉煌的舞会。我真正的一生是在一个跳舞之夜里过度的。只是握一次手，我就裂开了！从此我的记忆也就中断了；再也没有什么东西值得我为它活下去了！'这就是手套所说出的事情——也许这就是它所想的全部事情。

"'这棵枞树真是有些笨啊！'陶器碎片说。破碎的陶器总觉得别的什么东西都笨。'你既然已经被装进了垃圾车，'它们说，'你就不要再摆什么架子，戴什么金箔了！大家都明白了呀，我们在这个世界上都曾经起过一些作用，起码比这根绿棒子所起的作用要大得多得多！'这也算是一种别人的想法了——许多人深有同感。不过枞树依旧保持着一种怡然自得的精神气。它可以说是垃圾堆上的一首异类的小诗，而在搬家的日子里街上这样的事情有的是！在街上走路真是困难和麻烦，我急于想逃避这一切，再回到塔上去，并在那上面待下来：因为我可以舒适地坐在那上面，以一种幽默的心情俯视下面的所有事物。

"下面这些老好人正在闹搬家的事情儿！他们搬着或拖着他们的一点财产。小鬼们坐在一个桶里，也在跟着他们一起迁移。亲族们的牢骚，家庭的闲话，烦恼和忧愁，也从旧居迁移到新居里来了。这整个的事儿使他们想起了些什么呢？让我们好好回想，小小新闻上发表过的那首古老的短诗早就告诉过我们结果了：

记住，死就是一个伟大的搬家日！

“这是一句多么值得深思的话，但是听起来却不怎么令人愉快。死神永远都是一个最能干的公务人员，虽然他的小差事多的不得了。你之前想过这个问题没有？

“死神是一个驾驶公共马车的人，他是一个签照的人，他可以把他的名字写在我们的任何证明文件上，他就好像是我们生命储蓄银行的总经理。你能明白这件事吗？我们把活着所做的一切不事情都存在了这个‘储蓄银行’里。当死神赶着搬家的马车到来的时候，任何人都没有选择，必须都得坐进去，迁入‘永恒的国度’。到了国境，他就会把证明书交给我们，当作我们的护照。他从‘储蓄银行’里取出某些最能表现我们的行为的事情，当然是我们做过的，用为旅行的费用。这可能很痛快，但也可能特别可怕。

“谁也逃避不了一次这样的马车旅行。有人曾经说过，有一个人并没有得到准许就坐进去——这人就是耶路撒冷的那个鞋匠。他在后面跑，跟着马车。假如他得到了准许坐上马车的话，可能他早就不会成为诗人们的一个主题了。请你发挥想象，向这搬家大马车里面瞧上一眼吧！里面各式各样的人都有！皇帝和乞丐，白痴和天才，都在肩并肩坐在一起。他们不得不一起旅行，因为既不带金钱，也不带财产，他们只带着‘储蓄银行’的零用钱和证明书。不过一个人所做过的事情中哪一件会被挑出来，并让他带走呢？这还真不好说，可能是一件极细微的事情，小得就像一粒豌豆粒一样。但是一粒豌豆可以发芽，最后变成一棵开满了花朵的蓬勃的植物。

“那个坐在墙角里一个矮凳子上的可怜的穷人，经常要挨打挨骂，这次他可能就会带着他那个被坐的磨光了的凳子，作为他的旅行费和证明书。于是凳子就成为一顶送他迈进永恒国土里去的轿子。它甚至变成了一个金碧辉煌的王座，它开出艳丽的花朵，像一个美丽的花亭。

“另外一个人，他一生只顾快乐喝杯中的香酒，忘掉他所做过的某些坏事。他带着可悲的酒桶，想要在旅途中喝它里面的酒。酒是纯净和清洁的，因此他的思想也变得较之前清楚起来了。他的一切高尚和善良的感情都被唤醒了。他看到，也感觉到他从前看不见和不愿意看的东西。所以现在他得到了属于他自己的惩罚：一条永远存活着的、不停咬啮着他的蠕虫。如果说酒杯上之前写着的是‘遗忘’二字的话，那么酒桶上写着的却是‘记忆’。

“当我读到一本历史著作、一本好书的时候，我不禁总要想想我读到的人物，当他坐上死神的公共马车时那最后一瞬间的样子。我不禁又要想，死神会把他的哪一件行为从‘储蓄银行’里取出来呢，他会带些什么有价值的零用钱到‘永恒的国土’里去呢？

“从前有一位法国皇帝——他的名字我早已经忘记了。可惜的是我有时连一些好人的名字也记不住，不过它们总有一天会回到我的记忆中来的。这个皇帝成为他的百姓在荒年时候的施主。百姓们为他立了一个用雪做的高大坚硬的纪念碑，上面刻着这样的字：‘您的帮助比融雪的时间还要短暂一些！’我想，死神一定会记得这个纪念碑，到时会给他一小片雪花。这片雪花将永远也不会融化的，它将像一只洁白色的蝴蝶一样，在他高贵的头上方飞向‘永恒的国土’里。

“还有一位是路易第十一世。是的，我十分清晰地记得他的名字，因为人们总是把坏事情记得很牢固。他有一件事情每隔一段时间便来到我的心中——我真希望人们可以把历史当做一堆谎话。他下了一道残酷的命令，要把他的大法官斩首。没有道理也好，有道理也好，他是有权做这件事情的。不过他又下了个命令，把大法官的两个天真可爱的孩子——一个八岁，一个七岁——也送到刑场上去，同时还命人把父亲的热血洒在孩子们身上，最后再把他们送进巴斯底监狱，并关在坚硬的、寒冷的铁笼子里，这是一件多么令人心碎的事情，他们在铁笼子里连一张床单都没有。国王路易派一个刽子手去，每隔八天，把他们的牙齿拔掉一颗，以免他们日子过得太舒服了。那个大点的孩子说：‘如果妈妈知道我的弟弟在这里如此受难，她将会心痛得死去的。请您把我的牙齿拔掉两颗，饶我弟弟一次吧！’刽子手听到这话，感动地流出眼泪来，但是皇帝的命令可比眼泪还要厉害的。每隔八天，有两颗孩子的牙齿被放在银盘子上送到皇帝面前去。因为他有这个要求，所以他就得到牙齿。我想死神会把这两颗牙齿从他生命的“储蓄银行”取出来，并交给路易十一一起带进那个永恒的，伟大的国土里去的。这两颗牙齿就像两个发亮的萤火虫似的一直在他面前飞着。它们在燃烧，在放亮，而且在咬他——这两颗牙齿。

“是的，在伟大迁居的日子里我们这次马车旅行，是一个庄严郑重的旅行！但是这次旅行会在什么时候到来呢？

“这倒是一个值得人深思的问题。随便哪一个时刻，随便哪一天，随便哪一分钟，你都可能坐上这辆马车的。死神会把我们的哪一件事情从“储蓄银行”里取出来交还给我们呢？还是我们自己想想吧！移居的日子在日历上是一个都找不到的。”

姑 妈

你应该去认识姑妈的！她这个人特别可爱呢！这也就是说，她的可爱才不是像我们平时所说的那种可爱。她不仅和蔼可亲，还有一种自己的滑稽味儿。如果一个人想开开什么人的玩笑、聊聊闲天，那么她就可以成为别人谈笑的资料。她还可以成为戏里的角色，因为她只是为戏院和与戏院相关的一切而活着的。她是一个十分有身份的人。但是经纪人法布——姑妈把他叫佛拉布——却非说她是一个“戏迷”。

“戏院就是我的学校，”她之前说，是我知识的源泉。我在这儿重温圣经的历史：约瑟啦，摩西和他的弟兄们啦，都被编成了歌剧！我在戏院里学到地理、世界史和关于人类有趣的知识！我从法国戏中知道了有关于巴黎的生活——这真是很不正经，但是又是那么有趣！我为《李格堡家庭》这出戏不知流了多少眼泪了：你们想想看，一个丈夫为了让他的妻子得到她年轻的爱人，居然愿意喝酒喝得醉死了！是的，在这五十年来，我成了戏院的一个老顾客，在这期间，我不知为了它们流了多少眼泪！

姑妈知道每出戏，每一个要出场、每一场情节或已经出过场的每一个人物。她每年只是为那演戏的九个月而活着的。由于夏天是没有戏上演的——但在这段时间使她变得十分苍老。晚间的戏如果能演到半夜以后，那就相当于是把她的生命延长了。她不像别人那样说：“鹳鸟来了，春天来了！”或者：“报上说新鲜的草莓已经上市了！”相反的，有关于秋天的到来，她总是欢喜的说，“你没有看到戏院已经开始卖票了吗？因为戏快要上演了呀！”

对于她来说，一幢房子是否有价值，就完全要看它离戏院的远近而定。当她不得已要以戏院后边的一个小巷子迁到一条相对比较远一点的大街上时，住进一幢对面完全没有街坊的房子里去的时候，她真是伤心难过极了。

“我的窗子本就应该是我的包厢啊！你不能老是在家里呆坐着想自己的事情吧。你应该去看看人们，然而我现在的生活就好像是住在老远的乡下似的枯燥而乏味。如果我要想看看人，我就必须得走进厨房，再爬到洗碗池上去。只有这样，我才能看到对面的邻居。当我还住在我那个虽然很小的巷子里的时候，我可以直接就望见那个卖麻商人的店里的情况，而且只要走三百步路就可以到戏院。现在你们看看我可得走三千大步了。”

姑妈有时也会生病。但是不管她怎样的不舒服，她也决不会不去看戏的。她的医生给她开了一个单子，叫她每天晚上在脚上敷些药。她遵照医生的话办了，但是这次她却改喊车子到戏院里去了，带着她脚上敷的药坐在那儿把戏看完。如果她坐在那儿死去了，对她来说反倒是很幸福的呢。因为之前的多瓦尔生就是在戏院里死去的——她把这叫做“幸福之死”。

在天国里如果没有了戏院，对她说来是如此一件不非常痛苦的事情。当然我们是不会走进天国的。但是我们可以想象得到，死去了的名女演员和男演员，肯定还是在那里继续着他们的事业的。

在姑妈的房间里她自己安了一条私人电线，并且直通到戏院。她在每天喝咖啡的时间段就接到一个“电报”。她的电线就是舞台装置部的西凡尔生先生。凡是撤销布景或布景，幕启或幕落，都是由此人来发布施令的。

她从他那里可以打听到每出戏的简明扼要的情节。她把莎士比亚的暴风雨叫做“讨厌的作品”，因为它的布景实在是太复杂，而且头一场一开始就有水的运用！”她的意思是说，“汹涌的波涛”这个布景在舞台上实在是太突出了。然而如果反过来，同样一个室内布景在五幕中从不变换一下，那么她就会认为这个剧本写得很完整和聪明，因为这是一出安静的戏，它并不需要什么布景就能自动地出色的演起来。

在古时候——也就是姑妈所认为的三十多年以前——她那个西凡尔生先生都还很年轻。他那时已经是在我说的装置部门工作了，而且正如她所说的，那时就已经是她的一个“恩人”。因为城里只有那一个独一无二的大戏院。演晚场的时候，许多顾客总是坐在台顶上的一个布景间里的。每一个后台的木匠都可以任由自己处理一两个空位子。但这些位子经常是坐满了客人的，而且都是一些有名望、高贵的名流：据说不是市府参议员的夫人，就是将军的太太。从幕后看戏，而且当幕降下以后，知道演员怎样动作和怎样站着——这都是一件非常有趣的事情。

姑妈有好几次在这种位子上看芭蕾舞和悲剧，因为需要有大批演员上台的戏，只有从台顶上的布景间里看才看得最有滋味。你在漆黑中坐着，而且大多数的人都会随身带晚餐。有一次一片夹着香肠的黄油面包和三个苹果掉到监狱里去了，而狱中的乌果里诺正在这时却快要饿死了。这引起观众们哄堂大笑。后来戏院的经理就不准人坐在台顶的布景间里看戏了，主要就是因为那根香肠的原故。

“不过我在那上面去过足足有 37 次，”姑妈说，“西凡尔生先生，我永远也忘不了这件有意义的事。”

当布景间最后一次免费为观众开放的时候，正在上演的是《所罗门的审判》这出戏。姑妈记得一清二楚。她是通过她的恩人西凡尔生先生为经纪人法布弄到了一张难得的门票，即使他不配得到一张，因为他总是开戏院的玩笑，而且也时常因这些事情讽刺她。不过她总算是为他弄到了一个位子。他想要“倒看”舞台上精彩的表演。姑妈说：这个词儿不是我说的，而是他亲口说出的——真是能代表他的个性啊。

因此他就从上面“倒看”《所罗门的审判》了，同时没过多久就睡着了。你很可能以为他是因为事先赴过什么宴会，干了好多杯烈酒。他睡的很熟，而且也因此被一个人锁在里面了。他在戏院里的这一觉，几乎把这整个的黑夜都睡完了。等他醒来，他把全部经过都讲了出来，可是姑妈却不相信他的话。经纪人说："《所罗门的审判》演完了，所有的灯的亮光都灭了，楼下和楼上的人全都走光了，但是真正的戏——就是所谓'余兴'——才不过是刚刚开始呢。"经纪人说："这才是我所看到的最好的戏呢！道具都好像有生命一样。它们不是在演《所罗门的审判》；确实不是的，它们是在演《戏院的审判日》。"这一套话，法布经纪人居然胆敢想要叫姑妈相信！这就是她为他弄到一张台顶票所得到的全部感谢！

经纪人所讲的话，听起来确是很滑稽，不过骨子里却是包含着讽刺和恶意。

"那上面真是一团漆黑，"经纪人说，"不过只有在这种情景下，壮观的妖术演出《戏院的审判日》才能真正的开始。收票人站立在门口。每个看戏人都要交出品行证明书，还要看他要不要戴着口罩，或是要不要戴着手铐走进去。在戏开演后迟到的上流社会名人，或者故意在外面浪费时间的那些年轻人，都被拴在外面。你真应该去看看他们滑稽的样子，除了戴上口罩以外，他们的脚还必须得套上毡底鞋，待到下一幕开演时才能走进去。这样，《戏院的审判日》就算开始了。"

"这简直是我们从上帝那也没有听说过的胡话！"姑妈说。

布景画家如果想上天，他就必须得爬着他自己所画的又长又亮的梯子，但是这样的梯子是所有人也爬不上的。这可以说是违反了透视规则的错误。一旦舞台木工想上天，他就得把他费了许多气力但又放错了地方的那些树木和房子搬回到正确的地方去，而且必须在鸡鸣叫以前就搬好。如果法布先生想上天，也一定得留神。至于他所形容的那些喜剧和悲剧中的演员，舞蹈和歌唱的演员，他们简直是糟糕透了。佛拉布先生！法布先生！他真不配坐在台顶上的位置。姑妈永远不愿意把他所说的话传达给所有的人听。但是佛拉布这东西，居然说他已经把这些话都记录下来了，而且还要把它们都打印出来——不过这些事情要在他死了以后才能做，不在他死去以前，由于他怕人家活剥掉他的皮。

姑妈只有一次在她的幸福的神庙——戏院里感到苦恼和恐怖起来。那是在一个寒冷的冬天——那种一天只有两点钟有稀薄阳光的令人郁闷的日子里。这时下雪天气又冷，但是姑妈不得不到戏院里去。除了一个大型芭蕾舞和一个小型歌剧、一段收场白和一段开场白以外，主戏是赫尔曼·冯翁那。这出戏可以一直演到深夜。姑妈非去不可谁也阻止不了她。她的房客借给了她一双里外都有毛的暖和的滑雪靴。她连腿都可以伸进靴子里去了。

她走进戏院，并在包厢里坐下来。靴子是很温暖的，因此她并没有把它脱下来。忽然间，有一个人喊“起火”了，他们叫起来了。浓黑的烟从舞台顶楼和边厢上冒出来了。这时立刻响起了观众们的一阵可怕的骚动。大家都在向外乱跑。而不幸的是姑妈坐在离门最远的一个包厢里：“布景当然要从第二层楼的左边看是最好不过的，”她这样说过，“因为这是专为皇家包厢里的人去欣赏而设计的。”姑妈想走出去，但是她前面的人已经在惊恐中无意地把门关上了。姑妈一个人坐在那里面，既不能进，也不能出——这也就是说，她无法进到隔壁的那个包厢里去，因为隔板实在是太高了。

她大声喊叫起来，但是谁也听不见。她朝下面的一层楼望去，那儿没有一个人，已经空了。这层楼很低，而且令人高兴的是隔她不远。姑妈在惊恐中忽然觉得自己变得活泼和年轻起来。她想现在跳下去，她一只腿跨过了前面的栏杆，另一只腿还依旧在座位上。她就是这样，像骑马的姿态坐着，穿着漂亮的花裙子，一条长腿悬在外面——这是一条穿着庞大的滑雪靴的腿。这副样儿真是值得人一看呢！她也怕被别人看见了，因此她的求救声当然也被人听见了。她被人从大火中救出来了，因为戏院到最后还是没有被完全烧掉。

她说这是她一辈子最值得纪念的一晚了。她很高兴当时没有任何办法看见自己的全貌，否则她自己都要羞死了。

她的恩人——舞台装置部的西凡尔生先生——常常在星期天来看她。不过从这个星期天到下个星期天是很漫长的一段时间。因此近来在一些时日里，她在每个星期三前后就找一个小女孩子来吃她的“剩饭”——这也就是说，把每天午饭后剩下的东西让这女孩子当做晚饭吃。

这个小女孩是一个芭蕾舞班子里的一个学生；她确实需要充足的东西吃。她每天在舞台上化妆作为一个小妖精表演。她最难演的一个角色，是当魔笛中那只庞大的狮子的后腿。不过她慢慢长大了，现在可以演狮子的前腿了。演这个角色，她却只能得到三毛钱。而演后腿的时候，她却能得到一块钱——相比之下，她必须得弯下腰，而且呼吸不到新鲜的空气。姑妈觉得她能了解到这种内幕也是件蛮有趣的事情呐。

她的确值得有跟戏院同样长的寿命，但是可惜的是她却活不了那么久。她最终也没有在戏院里去逝，她是在她自己的床上庄严地、安静地死去的。她临终的一句话我认为是非常有意义的。她问：“明天会有什么戏上演呢?”

她死后大概留下了约五百块钱。我们是从她所得到的利息推断出来的这件事——二十元。姑妈把这笔钱作为遗产留给一位正派的、没有家的老小姐。这笔钱是专门为每年买一张二层楼上左边位子上的票而设立的，而且是星期六的一张票，因为一般来说最好的戏都是在这天上演的；与此同时她每周六在戏院的时候必须要默念一下现在躺在坟墓里的姑妈。

这些就是姑妈的宗教。

癞蛤蟆

一口很深很深的井，井绳也不得不加长。要从井底摇上来一桶水，转动把手是一件很累人的活儿。尽管水很清，太阳却无法到井底来照照镜子。但是在阳光可以到达的井壁的石头缝里，生长出了另外一个美丽的绿色植物世界。

一家癞蛤蟆也住在井底。当初，它们是跟着老癞蛤蟆妈妈倒栽葱跳到井下面的。癞蛤蟆妈妈现在依然很健康安详。比它们一家早入住这里的青蛙，在水里游来游去，友好地称它们为“井外来客”。新来的癞蛤蟆仿佛是打定主意既来之则安之，就在这里一直待下来，因为它们觉得住在“干地”上非常舒服。所谓“干地”，就是那些潮湿的石头。

青蛙妈妈曾经上去旅行过一次。那次，它正好落到一个拉上去的水桶里，可阳光太伤害它的眼睛了，把它的眼睛都刺痛了。还好，它爬出了水桶。可它落到下面水里时，扑通一声受了惊吓，卧病三天，背上也痛得要命。对于上面的东西，它显然说不出来什么，但是它和所有的青蛙都十分明白，这个井并不能完全代替外面的世界。癞蛤蟆妈妈要是肯讲，它倒也能讲出些东西，但是当它们问它，它却闭口不言，于是它们也就不问了。

“它又笨，又胖，又丑，”小青蛙们说，“它那些孩子和妈妈一样难看。”

“那是完全可能的，”癞蛤蟆妈妈十分平静地回答说，“可它们中间有一个脑袋里有一颗宝石，同样我也有。”

小青蛙们听着瞪大了眼睛，它们不喜欢听这些陈词滥调，它们做了个鬼脸，潜入下面水里去了。小癞蛤蟆们则高兴地踢踢后腿，一种自豪之情溢于言表，它们都自以为肯定有那个宝石。接着它们待在那儿，头一动不动。它们想，使它们如此自豪的究竟是什么东西呢，一颗宝石究竟是什么样呢?

“噢，它是如此光彩夺目、雍容华贵啊，我简直难以形容出来，”癞蛤蟆妈妈得意地说，“将这种贵重的东西戴来戴去是为了使自己高兴的，但别人却会因此而生气。毋庸多言了，因为我不想再回答你们关于那个宝石的问题了。”

“就这个样子吧，我肯定没有这种宝石，”最小的那只癞蛤蟆说，它简直是世界上所有癞蛤蟆当中最难看的。“为什么要有如此贵重的东西呢?要是它令别人生气，就无法给我带来任何快乐。其实也很简单，我只想到上面井边朝外面瞧瞧。上面一定非常漂亮。”

“你最好还是待在这里吧，”癞蛤蟆妈妈说，“因为你清楚这里的一切东西。只是你要小心水桶，以免把你给伤到了。即使你平安地到了桶里，你也会跌出去的。不是每一个人都会那么幸运的，可以无任何损伤。”“呱呱!”那只小癞蛤蟆说——这和我们说“啊哈”没有两样。它非常渴望到上面去瞧瞧外面的大千世界，它渴望看到上面一切美好的事物。就在第二天早上，说也凑巧，那个水桶装满了水被摇上去了，而且还在我们这只小癞蛤蟆蹲着的那块石头前面停了停，小家伙的心怦怦直跳，都要跳出来了。它忽地跳到了水桶里，水桶马上被摇到了顶，水桶里的水都被倒了出来。

“呸，你这个叫人讨厌的家伙!”把水桶的水倒空的农场工人一发现这只癞蛤蟆就非常气愤地说，“你是我见过的最丑的东西。”他用木头鞋去踩癞蛤蟆，癞蛤蟆好不容易地爬进了井边高高的荨麻丛里，才侥幸躲过一劫。它看到高高的树梗，太阳透过树叶照了下来，树叶就像透明的一样。它感觉仿佛一个人忽然之间进入了一片郁郁葱葱、阳光灿烂的树林里。

“这里要比井里美妙得多啊！我哪儿也不想去了，我真想在这里度过我的一生！”小癞蛤蟆兴高采烈地说。接着，它在那里躺了一个小时，两个小时。“我不清楚在这儿能找到什么。既然到了一个外面的世界，我必须试着走得更远些。”于是它尽力地爬着，爬到外面宽敞的公路上，当它要过公路时，太阳强烈地照在它的头顶，灰尘弄得它满身都是。

“我现在真的来到了地上，是的，”癞蛤蟆说，“这简直太令人高兴了。”它来到一条有着各种的毋忘我花和绣线菊的水沟旁，再过去一点是一道山楂树篱，还有一片茂密的接骨木树丛以及白色的旋花。这里能够看到各式各样鲜艳的色彩，还有一只蝴蝶也一起跟了来。癞蛤蟆觉得它是一朵离开根茎飘起来的花，必须到世界上美好的地方去瞧瞧。

“能做一次这样的旅行就足够了！”癞蛤蟆说，“呱呱！那该是多么美好的事情啊。”

它在井边待了整整八天八夜，依照个人心愿，想吃什么就吃什么。到了第九天，它想：“前进！再向前走！”可它能找到什么更可爱更漂亮的东西呢？说不定是一只小癞蛤蟆或者几只青蛙吧。在这最后一个晚上，传来了一个声音，好像在附近遇见了自己的家里人。

“活着真好啊！从井里出来，躺在刺人的荨麻当中，沿着满是尘土的路爬行，真是棒极了。一定要继续前进，前进！我们或许找到青蛙，也很可能是一只小癞蛤蟆。我们没有亲友是不行的。仅有大自然是远远不够的。”于是，它一路高兴地向前爬着。

它来到广阔的田野，来到一个周围长满芦苇的大池塘里，它毫不犹豫地飞身一跃。

“这里对你而言太潮湿了，”青蛙们友好地说，“但是欢迎你！你是少爷还是小姐？不过没什么，我们都很欢迎你。”

它被邀请参加晚上一个家庭音乐会，劲头大声音小，我们清楚这类事情的。连一点点心都没有，不过饮料是随便饮用的，因为整个池塘的水是免费供应的。

“如今我要继续上路了，”小癞蛤蟆说。它不满足于现状，总渴望更好的东西。

它看到天上的点点繁星在不停地闪烁。它看到月亮发光，接着它看到太阳升了起来，越升越高。“到头来，说不定我依然是在一个井里，只不过这个井远比以前的那个要大得多。我一定要上得更高些；我感到有些坐卧不宁了，也不知道在焦虑什么。”当月亮渐圆，成为满月时，这可怜的小家伙想：“我不明白那是否就是要放下来的打水水桶呢，我必须到它里面去，以便上得更高。说不定太阳是个大水桶，那么的亮啊！它多么明亮啊！多么的奇特啊！它能将所有的东西都带上去。我一定要小心着抓住这个出去的机会。噢，多么像我的脑袋里在放光啊！我不确定宝石放出的光会比这儿更亮。可我没有宝石；我也不会为了没有宝石而伤心——不，我一定要上到最高处，进入光明和快乐中！我信心十足，但我依然害怕得很。这一步真的很难走，但我一定要勇往直前。前进！一直向前进！”

它一边鼓励着自己，一边缓缓来到一条路上，路的两旁住着许多人；这儿有花园还有菜园。它停在一个菜园旁边休息一下。

“有这么多不同的植物，我居然压根没有见过！世界是多么美丽和伟大啊！所以一定要在世界上到处看看，而不能一生只待在一个地方。”接着，它迅速地跳进了菜园。“这里多么绿啊！这里太迷人、太漂亮了啊！”

“这个我非常清楚，”叶子上一条胖乎乎的毛虫说，“我的叶子是菜园里最大的。它掩住了我的半个世界，可我一点都不在乎。”

“咯，咯！”一群母鸡来了。它们穿梭在卷心菜园里。领头的那只母鸡眼神特别棒，它一眼就看到了毛虫，就去啄它，毛虫落到地上不停地扭动着。

母鸡一时摸不着头脑，先用一只眼，接着用另一只眼看着它，它不明白毛虫为什么扭来扭去。

“它这样做肯定不是别有用心，”母鸡说着低头来啄毛虫。

癞蛤蟆看见它这样做，竟吓得连忙向那只母鸡爬过去了。

“哈哈，它居然还有个打下手的同伙，”母鸡说，“瞧瞧那爬着的丑东西吧！”然后母鸡转身就走开了。“我可不会为了那一口绿色的食物弄得我的喉咙发痒。”其他的母鸡也这样认为，于是它们都一声不吭地走开了。

“我不停地扭动就逃脱了，”毛虫得意扬扬地说。“一个人能临危不惧有多好啊！可还有件非常难的事正等着我去做，那就是重新爬回我的一生里感到无比幸福的绿叶子上去。它在哪里呢?”

小癞蛤蟆爬过来以表示它的同情。它的丑模样吓坏了那只母鸡，这一点它也是很兴奋。

“你这是何意?”毛虫十分生气地叫起来。“是我自已不停的扭动才逃过了那母鸡。你很难看，这倒是千真万确。你不能让我安静地留在我自己的家吗？我闻到卷心菜的气味了。我就在那片叶子附近。没有什么比家更好的了。可我一定要上得越高越好才是。”

“不错，上得更高，”小癞蛤蟆说，“上得更高！我们俩居然想得一样。”不过它今天心情很糟糕。那是努力受到了惊吓。“我们都要上得更高些。”它双眼使劲往上面看着。

农舍屋顶的窝里正坐着一窝鹳鸟。它们吧嗒着嘴，鹳鸟妈妈也吧嗒着它的嘴。

农舍里住着两个年轻刚毕业不久的大学生：一个是诗人，另一个是自然科学探索者。一个愉快地歌唱和描写上帝创造的所有事物，以及它们在他心里的反映。他用优美的诗将它分明、甜蜜、美妙地唱了出来。而另一个正在研究这个早已存在了上百万年的客观世界，某些时候甚至将它解剖。他将上帝的创造物看成数学上的一个巨大数目——不是减就是乘，设法要弄清楚它的里里外外，这是非常合乎客观事实的事情。他们快乐、聪明地谈论着。他们两个都是极其上进和快活的人。

“一个非常好的癞蛤蟆标本正坐在那儿，”博物学家心里美滋滋地说，“我一定要把那东西放在酒精瓶里。”

“你都有两只癞蛤蟆了，”诗人回答说，“就让这只小东西悠然自得地待在那里吧。”

“可它很难看啊，”博物学家依然坚持说。

“是的，要是我们能在它的脑袋里找到那颗宝石，”诗人说，“我也会把它也解剖了。”

“宝石！”博物学家说，“你似乎知道很多关于博物学的知识啊。”

“不是很久很久以前的一个动听的传说流传在民间吗？正由于癞蛤蟆是最丑的动物，它的脑袋里时常装有最贵重的宝石？人难道不也是如此吗？你看伊索有多么贵重的宝石啊，还有苏格拉底！”

那癞蛤蟆不打算再在这里浪费时间了，即使听到的它也没听懂多少。两个朋友刚走了过去，它才没有被人放进酒精瓶里结束自己的生命。

“那两个人也说到宝石，”癞蛤蟆心里一个劲儿犯嘀咕。“如果我也拥有宝石该多好啊！我的生活也就不会这么糟了。”

这时候农舍屋顶响起了吧嗒声。鹳鸟爸爸正在向他的家人发表着慷慨激昂的演说呢，他的家人俯身正看着菜园子里的那两个年轻人。

“世界上最骄傲的动物就是人！”那鹳鸟用很瞧不起人的口气说，“瞧瞧他们议论些什么吧，虽然他们连最普通的吧嗒吧嗒声也不会。但他们还是夸自己天生具有一副好口才和优美语言！不错，语言这个东西真是太奇妙了！哼，它随着我们每天的路程在发生改变。他们互相之间居然不懂得对方的语言。但我们可以在整个世界讲我们的语言——在极寒的北极也行，在埃及也行。而且人是根本就飞不到天上。他们用他们称之为‘铁路’的什么发明朝前冲，可他们时常在铁路上跌断了自己的脖子。我一想到这件事嘴都凉了。没有人的世界也依然能够存在下去的。没有人我们也一样生活得很不错，只要有青蛙和蚯蚓。”

“这篇演讲真的很棒，”小癞蛤蟆心里说，“那真是个非同寻常的伟人啊！而且瞧瞧它坐得多么高啊！比我看见过的所有人都要坐得高，而且它能飞得那么优美和吸引人！”当鹳鸟腾空飞走时它叫起来了。

接着，鹳鸟妈妈在巢里也开始了它自己的演说，讲埃及和尼罗河，讲只能在那外国土地上才能找到的难以比拟的烂泥。所有这些，小癞蛤蟆觉得既新鲜又迷人。

“我一定要去埃及!”它信誓旦旦地说，“要是那鹳鸟或者他这些小鹳鸟中的哪一只能把我带去就好了！我会一辈子感谢它。对，我要去埃及，因为那儿听起来竟如此的美丽迷人！我感觉到的所有渴望和所有快乐比脑袋里有一颗贵重的宝石要有意义和重要多了。”

说也恰巧，正好是它有这颗宝石。使它坚持不懈地追求和不断地天天向上。宝石在它的脑袋里放射着光，在快乐中放射着光，在它的希望中放射着光。

这时候那些鹳鸟们突然飞回来了。它们在天空中很清楚地看到了青草中的这只癞蛤蟆，俯冲下来轻轻地叼住了这个小东西。鹳鸟的嘴夹住它，风呼呼地响。那个滋味可不好受啊，还好它是在向上飞——向上飞到埃及去——这个它明白，那就是它的眼睛为什么会闪亮的缘故。一颗宝石好像从它们的身体里飞了出来。“呱呱！——啊!”

肉体死了——癞蛤蟆被杀死了！可从它的眼睛里喷射而出的那颗火星，它变成什么了呢?

它被太阳的万道光芒带到另一个世界去了，太阳的光线将把从癞蛤蟆的头颅里飞出来的宝石带上去了。把它带到哪个地方去呢?

别去问那个博物学家，要问还是去问那位诗人吧。他会用小孩子所喜闻乐见的方式告诉你；而这个童话里有那卷心菜上的毛虫以及鹳鸟的一家子。你想想吧！那丑陋的毛虫会变成一只优美的蝴蝶；鹳鸟一家子飞越高山大海到很远很远人迹罕至的非洲去了，却又找到最便捷的路径飞回家来了，飞到从前的国家——飞到那个有它们鸟巢的屋顶。恰恰相反，这几乎是不可能的，但却千真万确。你如果不信的话可以去问博物学家，他会告诉你这些是事实的。这一点你自己也是清楚的，因为你刚才已经亲眼目睹过了。

但是，癞蛤蟆脑袋里的宝石呢？

到太阳里去寻找它们的灵魂去吧，如果你能做得到的话，你会在那里发现它。

那里亮得太耀眼了。到如今还没有能够看穿上帝创造的灿烂光辉的眼睛，但是有一天我们会有这种眼睛。那将是最最美丽的童话，而我们大家谁又不是生活在这个童话里呢！

赛跑者

有人贡献出一个奖品了——也可以说是两个奖品吧：一小一大——来奖励那个速度最快的赛跑者。但这最快的速度不是指在一次竞赛中所达到的，而是指在全年赛跑中所达到的最快速度。

“我应该得到了头奖的！”野兔说。“肯定是有人的亲戚和朋友在评奖委员会中，所以我们必须站出来主持公道。蜗牛居然得到了二等奖！我不禁要认为这对我来说是一种侮辱。”

“不对！”亲眼看到过发奖情景的篱笆桩说，“毅力和热忱也必须要考虑进去。许多有地位的人都曾这样说过，这话的意义我也懂得。蜗牛确实要花半年的时间才能走过门口。而且因为他要赶时间，他还把大腿骨折了。他真是全心全意地在赛跑！而且他背上还要背着自己的屋子呀！这都是值得奖励的！所以他才得到了二等奖！”

“你们应该把我也考虑进去呀！”燕子说，“在飞翔方面，我相信，谁也没有我快的。我什么地方都去过！我飞得才远呐，远呐，很远呢！”

“对，这正是你不幸的地方！”篱笆桩说，“你太喜爱流浪了。天气一冷，你就老不在家，甚至跑到外国去了。你一点儿也没有爱国心。你没有资格被考虑的！”

“不过整个冬天我都是住在沼泽地里呀！”燕子说，“如果我把这段时间都睡过去，那我值不值得被考虑呢？”

“假如你能从沼泽女人那儿得到一张证明书，并证明你有一半的时间是睡在你的国家，那么大家就会考虑你的！”

“我应该得到头奖，而不是二等奖!”蜗牛说，“我很清楚的知道，因为懦弱，野兔才拼命跑。他总是以为他只要停下来就会碰上危险。相反地，我把赛跑看作一种任务，而且为了完成这个任务时我还受了伤！如果说有人应该得到那个头奖，我想这个人就是我！不过我不愿意小题大做——我特别讨厌这种做法!”

接着他就吐了一口涎水。

“我可以正式向你们保证，每个奖品都是经过大家慎重考虑的——至少我投的票是经过我慎重考虑的!”作为森林界标的那根木桩说，他也是这次评奖委员会中的一员。“我总是经过深思熟虑、依照秩序决定问题的。从前我荣幸地参加过七次评奖工作，但是只有今天我才有机会贯彻我的主张。我每次评奖的时候，总是从固定的原则出发的。决定一等奖的时候，我每次是从头一个字母朝下顺数。决定二等奖的时候，我总是从最后一个字母朝上倒数。如果你曾注意一下，你就可以轻易的看出：从 A 朝下顺数的第八个字母是 H。在这儿我们就得到‘野兔’这个词，因此我就赞成把头奖送给野兔。但从最后一个字母向上倒数的第八个字母——是我故意漏掉它的，因为这个字母的声调不太好听，而在我看来这个不好听的字是不算数的——是 S。因此我投票赞成蜗牛得二等奖。那么下一次就轮到 I 得头奖，R 得二等奖！我觉得不管什么事情都应该有一个合理的秩序。任何人都应该有一个出发点的!”

“如果我不是一个评奖人，我一定会投我自己的票，”骡子说，他也是评奖委员的一员。“人们不仅应该考虑跑步的速度，还应该考虑其他的条件。就比方说吧：到底一个人能背多重的担子。这次我不愿把这一点着重地提出来，也不愿意讨论在赛跑时野兔所表现的机敏，或者他为了迷惑行人的视线而向侧路上一跳、使人根本找不出他藏在什么地方的那种狡猾。不过，还有别的东西值得人注意，这一点也不能忽视，那就是大家所说的‘美’。我这个人十分喜欢在‘美’这一点上注意。我喜欢看野兔那一对丰满而美丽的耳朵。它们该是多么长，看着它们真是一桩快活的事!

我似乎看到了自己的儿时一样。所以我投了他的票！”

“嘘！”苍蝇说，“当然我不愿意发表演说，但我只想讲一件事情！我可以特别肯定地说，我不止一次跑在野兔的前面。前不久一只野兔的后腿还被我压断了呢。那时我正坐在一列火车前面的车头上——我经常做这样的事情，因为只有这样，一个人才能看清自己的速度。这时有一只小野兔在前面跑了很久。他一点也没有想到过我就坐在火车头上。最后他不得不让路，但是他的后腿却被行驶的火车头压断了。这正是因为我在上面呀。野兔倒下来了，但是我仍继续在向前跑。这算是打垮他了吧！可是我并不需要头奖！”

“我觉得——”野玫瑰想着，但是她却不说出口来，因为她天生就不喜欢多发表自己的意见，但即使她发表了，也并没有什么关系，“我觉得太阳光最应该得到头等光荣奖或二等奖。他能在转瞬间就走完一条根本无法计算的路程，他直接从太阳走向我们，而且来的时候力量是多么大，使整个大自然都醒过来。他具有一种特殊的美，我们玫瑰一见到他就红起来了，而且散发出香气！可我们尊敬的评奖先生们似乎一点也没有注意到这件事情呀！如果我是太阳光，我就要让他们害日射病。不过这会把他们的头脑弄得更糊涂，因为他们本来就是糊涂的。所以我看我还是不发表意见了吧！”野玫瑰想，“但愿树林里永远是和平的！开花、休息、散发出香气，在故事声和歌声中生活——这是很美丽的。太阳光的寿命，比所有人的都长！”

“第一等奖究竟是什么呢？”蚯蚓问，之前他睡得太久，因此现在才到来。

“多么令人兴奋啊，是免费进入菜园！”骡子说，“这个奖是我建议出来的。野兔应该得到它。我作为一个活跃和有头脑的评奖员，特别地考虑到得奖人的福利：现在野兔就可以不愁衣食了。二等奖的蜗牛可以坐在石围墙上的青苔上并照射太阳光，同时它还可以得到头等评判员的职位，因为我想在人们所谓的评讲委员会中有一个专家总是好事。我对于未来的期望很大，并且已经做了一个良好的开始！”

钟 渊

“叮当！叮当！”这个是从奥登塞河里的钟渊那儿飘上来的声音……这到底是一条什么河呢？奥登塞城里的每个孩子都知道它：它在木桥底下流，在许多花圃底下。从水闸那儿一直流到水推磨坊那儿去了。这条河里长着许多棕色的细芦苇和黄色的水仙花，有像天鹅绒一样又高又大的、软的黑香蒲，还有衰老的、摇摇欲坠、布满裂痕的柳树——它们垂向“苍白人草地”和“修道士沼泽”的水上。不过对面是一片花圃，而且每个花圃都不一样。有些花圃开满了鲜艳的花朵，上面还有整齐清洁的凉亭，就像玩偶的房子；有些花圃只是长着一些白菜；有些花圃简直就看不见，因为高大的接骨木树丛展开它们宽厚的枝叶，高高地悬挂在流动的水上——有些地方水深得甚至连桨都够不到底。而在那座古老的女修道院对面，是最深的一个地方了——人们总是把它叫做“钟渊”。“河人”在这儿住着。在白天里，当阳光照在水面上，“河人”就睡着了。不过在月光皎洁、满天繁星的夜里，他就会出现了。他是一个很苍老的人：曾祖母说，她从自己的祖母那里听到过关于他的故事。据说他一直过着一个人孤寂的生活。除了教堂里的那个古老的大钟以外，没有人可以和他谈话。这钟曾经是挂在那个教堂的塔上的，但是现在这个名叫圣·亚尔般教堂的地方，既没有塔，也没有教堂的影子。

“叮当！叮当！”当那个塔仍存在着的时候，钟声就是这样响着的。有那么一天晚上，当太阳徐徐下落的时候，这个钟就随着剧烈地震动起来了，最终震断了绳子，向空中飞走，它华丽的铁身在晚霞中映射出光彩。

"叮当！叮当"现在我要去睡觉了！"钟哼唱着，于是它飞到奥登塞河里去了，沉到最深的水底下。从那时起，这个地方就叫"钟渊"。不过钟在这里既不休息，也不睡觉。它从"河人"那里发出宏亮的声音来。有时声音透过水，浮到水面上来。许多人说，它的声音预示着又有一个什么人将要死去了，但是事实并不是这样！它不过是在跟"河人"唱歌和聊聊天罢了。"河人"现在不再寂寞了。

钟在聊些什么呢？根据传说，它已经很老了，非常地老，在祖母的祖母还没有出生之前它就在那儿了。不过，就年龄来说，在"河人"跟前，它还只不过是一个孩子。"河人"是一个年老的、安静的、怪异的人物。他身着一条鳝鱼皮做的帅气的裤子，一件用黄水仙花作钮扣，亮闪的鱼鳞作漂亮的上衣，头发上插着根芦苇，胡子上挂着青浮草。这副样子并不是太好看。

把钟讲的话再讲一遍，恐怕需要很多很多年和很多很多时间，因为它是年复一年地在讲着一样的故事，有时讲得长，有时讲得很简短，完全取决于它的兴致。它讲着关于远古时代的一些事情，关于那些艰苦、黑暗时代的一些事情。

"在圣·亚尔般教堂里，一名修道士爬到挂着钟的那个高塔上面去。他是一个既年轻又漂亮的人，但是他非常喜欢独自沉思。他从窗口向远处的奥登塞河望去。那时河床比现在的还宽些；那时沼泽地还是一个广阔的湖。他朝河上望去，朝绿色的城堡望去，朝对面的修女山上望去——这儿有一座修女庵，光亮从一个修女的房间里映射出来。他认识这位修女，他时刻在想念着她。他一想念她，他的心就怦怦地跳起来。叮当！叮当！"

没错，钟讲的就是这样的一个故事。

"主教的那个傻佣人也爬到这座钟塔上来。当我——又粗又重的铁制的钟——在前后摇晃着的时候，我极可能击破他的额头。他坐得离我十分近。弹着他的两根粗棍子，好像那就是一个琴的琴弦似的。他一边唱一边弹：'现在我可以大声歌唱了，唱的时候我连小声都不敢讲。我可以把掩藏在监牢铁栏杆后面的所有事情都唱出来！那儿是又潮又冷！耗子几乎把活生生的人吃掉！这些是谁也不知道事情！谁也没有听说过这些事情！甚至到现在还没有人听到，因此钟在这么高亮地响着：‘叮当！叮当！’”

“从前有一个国王，人们把他称做克努特。他见了修道士和主教就行礼，不过当他用粗暴的话语和沉重的赋税把温德尔的居民弄得不堪忍受的时候，居民们就拿起棒子和武器，把他像一个野兽似地赶走了。他逃到教堂里去，把各处小门和大门都关起来。但那些暴乱的群众把教堂包围着——我听到人们这样讲：乌鸦、鹊雀和渡鸟，被这些叫声和呼声所吓住，都飞进塔里面去，不一会儿又飞出来。它们望着下边的人群，从教堂里的窗子观望里面的情景，接着便把它们所看到的景象大声地喊出来。国王克努特正在祭台面前跪着作祈祷，他的兄弟本奈蒂克特立和爱力克在他身边，把刀子抽出来，作为护卫。不过国王的那个仆人——不忠的布勒克——却背叛了他的主人：因此外面的人知道，怎样才可以打中国王。有一个人从窗子扔进去一块大石头，因此国王就倒下来死了。这一堆狂燥的人和鸟儿的叫声响彻了整个云霄。我也一同叫喊起来，唱着，我发出‘叮当！叮当！’的声响。”

“教堂的钟高高地悬挂着，并向四周观望。它招引鸟儿来拜访它，同时也懂得它们的语言。风从百叶窗和洞口吹进来，从一切的罅缝里吹进来。风什么事情都知道，它是从围绕着一切生物的空气那儿听到的，因为空气还能钻进人的肺里面去，知道一切声音，每一声叹息和每一个字。空气知道这些，因为风把它说出来了，而教堂的钟又懂得它的话语，并同时又向全世界唱：‘叮当！叮当！’”

“不过要我来倾听和明白这许多的事情，未免也太过分了吧。我无法把它们都唱出来！现在我是这样疲惫，这样的沉重，几乎把横梁都折断了，最终呢我会飞到闪耀的空中去，并沉到河里最深的地方，沉到‘河人’独自住着的那个地方。在那里，我年复一年地告诉他我所知道和听到的东西：‘叮当！叮当！’”

这就是奥登塞河里的钟渊所发出的声响——因为曾祖母是这样说的。

不过我们的老师却不是这样说的，他说：河里并没有这样一个钟，因为这是不可能的！当然河里也没有住着“河人”，因为不可能有“河人”！他说，当一切教堂的钟都发出欢愉的响声的时候，那事实上并不是钟发出的，而是空气的震荡声。发出声音的是空气呀。——虽然曾祖母也告诉过我们，钟曾经也这样讲过。在这一点上，他们都达成一致的意见，因此这是可以肯定的事情！

“请你当心，请你当心，请你一定要好好地注意！”它们两人都这么说。

空气知道所有的事情！它在我们的身体里面，它围绕着我们，它谈论着我们的行动和我们的思想。比起沉在奥登塞河深处的“河人”所住在的那个钟来，它能谈论得更长久。它飘向遥远的天空，永无止境，直到天上的钟发出“叮当！叮当！”的声音。

恶毒的王子

从前有一个傲慢而恶毒的王子，他想征服世界上所有的国家，并使人只要一听到他的名字就颤栗不止。他带着剑和火出征了。他的士兵践踏着田野里金黄的麦子，而且还放火焚烧农民的房屋。鲜红的火焰燎着树上鲜绿的叶子，把果子烧毁，可怜地挂在焦黑的枝上。许多可怜的母亲，抱着赤裸着依旧在吃奶的孩子们藏到那些冒着烟的墙后头去。士兵搜寻着她们。一旦找到了她们和孩子，那么他们的悲剧就开始了。就连恶魔都做不出像他们那样残忍的事情，但是这位王子却认为他们的行为很好。他的威力在一天一天中增大。确实，他的名字大家一提起来就害怕，他做什么事情都能成功。他从那些被征服了的城市中搜刮来大量的财富。他下令建起许多辉煌的宫殿、拱廊和教堂。凡是见过这些壮观场面的人都说："多么伟大的王子啊！"可是他们没有想到他在别的国家所造成的可怕的灾难，他们没有听到那些被烧毁了的城市废墟中所发出的叹息声和呻吟声。

这位王子瞧瞧他那些雄伟的建筑物，瞧瞧他的金子，也不禁有与众人相同的想法：

"多么伟大的王子啊！不过，我还想要得到更多、更多的东西！我不允许世上有任何其他人的能力能赶上我，更不用说超过我了！"

于是他对所有的邻边国家掀起战争，同时也征服了它们。当他乘着华丽的车子在街道上走过的时候，就把那些俘虏来的国王们套上金链子，系在他的车尾。吃饭的时候，他逼迫这些国王们跪在他和他的大臣们的脚下，还要他们接受从餐桌上扔下来的细碎的面包屑。

现在王子下令要把他的雕像竖在所有的宫殿里和所有的广场上，他甚至还想竖在教堂神龙前面呢。然而祭司们说：

“虽然你的威力确实是不小，不过你要知道上帝的威力比你要远大得多。我们谁都不敢做这样的事情。”

“那好吧，”恶毒的王子说，“那我就要征服上帝！”

他心里充满了愚蠢和傲慢，下令建造了一只十分巧妙的船。他想要坐这条船在空中航行。这条船必须像孔雀尾巴一样色彩艳丽，它必须像是嵌几千只眼睛一样——不过这里所有的眼睛，却是一个炮孔。王子只须舒适的坐在船的中央，轻轻按一下羽毛就会有一千颗炮弹向四面射出，同时，这些枪也就马上自动地装上了子弹。船的前面拴套着几百只雄健的大鹰——他这样就可以向太阳飞去。

大地低低地躺在下面。地上的森林和大山，第一眼看来田野就像加工过了的一样：犁过了的草土里绿苗冒出来了。没过多久，它就像一张平整的地图。最后它就完全在浓密的云雾中不见了。这些大鹰在空中越飞越高。这时上帝从他无数英勇的安琪儿中先派了一位对付王子。但是这个恶毒的王子就立刻向他射出几千发子弹，然而子弹像雹子一样，都被安琪儿光耀的翅膀反撞回来了。有一滴血——惟一的一滴血——从那雪白翅膀上的羽毛里掉落下来，并且落在这位王子所坐的船上。这滴血在船里猛烈地烧起来。它就像五百多吨重的铅，打碎了这条船，同时把这条船沉沉地压了下去。那些鹰坚硬的翅膀都断了。风在王子的头上狂暴的呼啸着。那焚烧着的船而发出的烟雾，在他的四周集结成骇人的形状，一些滚动着的石堆和喷火的巨龙，就像一些向他伸着尖锐前爪的庞大螃蟹。王子在船里，被吓得半死。这条船最后落在一个浓密的森林里。

“我一定要战胜上帝！”他说，“我既然已经起了这个誓言，那么这个厚望必须实现！”

他花了七年的工夫制造出一些精巧的、能在空中航行的船。他还用最坚固的钢制造出闪电来，因为他希望这些能攻破天上的堡垒。在他的领地里招募了一支强大的军队。当这些军人排列成队形的时候，可以铺满许多里地的面积。他们爬进这些船里面去，最后王子也走进他的那条船。这时上帝送来一群蚊蚋——这真只是一小群蚊蚋。这些小虫子在王子的周围嗡嗡地叫，刺着他的手和脸。他一气之下就抽出他的剑，但是可怜的他只能刺着不可触摸的空气。他一点也刺不着蚊蚋。于是他命令他的部下拿最贵重的帷幔把他整个人包起来，他的下人很快执行了他的命令。这样便使得蚊蚋刺不着他了。不过帷幔里面贴着一只很小的蚊蚋。它钻进王子的耳朵里，在那里面刺他。他被刺得像火烧一样，它的毒穿进他的脑子。他从他的身上撕掉帷幔，甚至把衣服也撕掉。野蛮、粗鲁的他在那些兵士面前一丝不挂地跳起舞来。现在这些兵士都耻笑着这个疯了的王子——这个想向上帝进攻，却被一个小蚊蚋征服了的王子。

一个贵族和他的女儿们

当风儿在草上吹过的时候，田野起了一片皱纹，就像湖水一样。当它在麦子上扫过去的时候，田野起了一层浪花，就像海一样，这被叫做风的舞蹈。不过请听听它讲的故事吧：它原来是把故事唱出来的。故事在森林中树顶上的声音，但同它通过墙上隙缝和通风孔时所发出的声音是截然不同的。你看，风是怎样在天上把云朵像一群羊似地驱走！你听，风是怎样在敞着的大门里呼啸着，简直就像是吹着号角的守门人！它从壁炉口和烟囱吹进来的声音是多么奇妙啊！火发出呼呼的爆裂声，很快燎燃起来，连房间较远的角落都照明了。这里是那么舒适和温暖，坐在这儿听这些声音是多愉快的一件事啊。让风儿自己来讲吧！因为它知道许多童话——比我们任何人知道的都要多。现在请仔细听吧，请听它怎样讲吧。

"呼——嘘——呼！去吧！"这就是它歌声里的叠句。

"在那条'巨带'岸边，立着一幢十分古老的房子，它有着厚的红墙。"风儿说，"它的每一块石头我都认识，当它还是属于涅塞特的马尔斯克·斯蒂格堡寨的时候，我就见过它。现在它不得不被拆掉了！那些石头用在另一个地方，砌成了新的墙，造成了一幢新房子——这就是波列埠大厦，它现在依然立在那儿。"

"我见过和认识那里身份高贵的老爷和太太们，还有住在那里的他们的后代。现在我就要讲一讲关于瓦尔得马尔·杜和他的女儿们的故事了。"

“他骄傲得不可一世，因为他有着皇族的高贵血统！他除了能把满瓶的酒一饮而空和猎取雄鹿以外，还能做许多别的事情。他时常对自己说：‘事情总是会有办法。’”

“他的太太穿着金线绣的很贵的衣服，高视阔步地在明亮的地板上走来走去。家里有的是华丽的挂毡，家具都是贵重的，而且上面还有精美的雕花。作为陪嫁她带来许多金银器皿。虽然地窖里已经藏满了东西，但里面还藏着德国啤酒。黑色的鬣马在马厩里嘶鸣着。那时这家正是富有的时候，波列埠的公馆都有一种豪华的气象。”

“那里住着他的孩子，是三个娇美的姑娘：安娜·杜洛苔、意德和约翰妮。我现在仍然记得她们的名字。”

旧的日子过去了，新的日子又来到了，时间一天一天地接近快乐和光明。直到最后我的一切完了为止——但不是绝对地完了，我虽然将被拆掉，好使我又能够变成一个更好的、新的磨坊。我将不再存在，但是我将继续活下去！我将变成另一个东西，但同时又没有多大变化！

“她们是有身份的人，有钱的人，在豪华中出生，在豪华中长大。嘘——呼！去吧！”风儿唱着。它接着继续讲了下去：

“我在这儿看不见别的古老家族中经常有的情景：高贵的太太跟她的女仆们一起坐在大厅里摇着纺车。她吹着嘹亮的笛子，同时唱着歌——不单是那些古老的丹麦歌谣，还有一些异国的歌曲。这儿的招待是殷勤的，生活是活跃的。尊贵的客人从远近的地方来，音乐奏着，酒杯碰着，我也没有办法把这些声音淹没了！”风儿说，“这儿只有老爷派头和夸张的傲慢神气，但是没有上帝！

“正是五月一日的晚上，”风儿说，“我从西边来，路上我见到船只碰撞尤兰西部的海岸而被毁灭。我匆忙地走过这长满了绿树林和生满了石南植物的海岸，走过富恩岛。现在我正在‘巨带’上扫过，叹息着，呻吟着。

“于是我在瑟兰岛的岸上，就在波列埠的那座公馆的附近躺下来休息。那儿有着一个青葱的槲树林，现在仍然还存在。

“附近年轻人总是到槲树林下面来拾捡柴草和树枝，收捡他们所能找得到的最干和最粗的木柴。他们把木柴拿到村里去，砌成堆，点起火。于是女子和男子就在周围跳着舞，唱着歌。

“我躺在那一声不吭，”风儿说，“不过我悄悄地把一根树枝——一个最漂亮的年轻人捡回来的树枝——拨弄了一下，于是他的那堆柴就快速的烧起来，并且烧得比别的柴堆都要旺。这样他就入选了，幸运地获得了‘街头山羊’的光荣称号，同时他还可以在这些美丽的姑娘之中选择他的‘街头绵羊’。这儿的高兴和快乐，胜过波列埠那个豪富的公馆。

“那位雍容的贵族妇人，带着她的三个女儿，乘着一辆镀了金的、由六匹马拉着的车子，向这座公馆驰来。她的女儿是美丽和年轻的——是三朵迷人的花：玫瑰、淡白的风信子和百合。而母亲本人则是一朵娇嫩的郁金香。大家都停止了自己的游戏，并向她鞠躬和敬礼。但是她高傲地谁也不理，人们可以看出来，这位妇人就像是一朵开在相当硬的梗子上的花儿。

“玫瑰、淡白的风信子和百合。是的，她们三个人我全都看过见了！我在想，她们有一天将会是谁的小绵羊呢？她们的‘街头山羊’肯定将会是一位漂亮的骑士，甚至可能是一位王子！嘘——呼！去吧！去吧！

“是的，车子载着她们走了，于是农夫们继续跳他们的舞。在卡列埠，在波列埠这地方，在周围所有的村子里，人们都正在庆祝夏天。

“可是在夜里，当我起身的时候，”风儿说，“那位贵族妇人躺下来了，却再也起不来了。她碰上这样悲伤的事情，正如许多人都会碰上这类的事情相同——并没有什么新奇。瓦尔得马尔·杜安静地、沉思地站了一会儿。‘最骄傲的树可以弯，但不一定就会断，’他在心里说。于是女儿们嚎啕大哭。公馆里所有的人全都在抹着眼泪。杜夫人去了，呼——嘘！”风儿说。

“我又回来了。我常常回到‘巨带’的沿岸来和富恩岛。我坐在波列埠的岸旁，在那美丽的榉树林附近坐下：苍鹭在这儿做窝，斑鸠，甚至黑鹳鸟和蓝乌鸦也都到这儿来。还是开春不久：它们有的已经生了蛋，有的甚至已经孵出了小雏。嗨，它们是怎样飞，怎样叫啊！人们可以听到斧头粗钝的响声：一下，两下，三下。树林就这样被砍掉了。因为瓦尔得马尔·杜想要建造一条十分华丽的船——一艘有三层楼的战舰。国王一定会买下它的。因此他要砍掉这个作为飞鸟隐身处的树林。苍鹭惊恐地飞走了，因为它的窝被毁掉了。苍鹭和其它林中鸟都变得无家可归了，慌乱地飞来飞去，惊恐地、愤怒地号叫，我理解它们的心情。乌鸦和穴乌用讥笑的口气大声地叫喊：‘离开窝儿吧！离开窝儿吧！离开吧！离开吧！’

“在树林里，在一群工人身旁，站着瓦尔得马尔·杜和他的女儿们。他们听到这群鸟儿的狂叫，不禁地大笑起来。唯有一个人——那个最年幼的安娜·杜洛苔——心中感觉难过。他们正要推倒一株被砍掉的树，在这株树的枝椏上面有黑鹳鸟的窝，窝里的小鹳鸟正伸出头来——她替它们向大家求情，她饱含泪水向大家求情。这株有窝的树总算是为鹳鸟留下了。只不过这是一件很小的事情。

“有的树被锯掉了，有的树被砍掉了。然后一个拥有三层楼的船便被建造起来了。建筑师是一个出身卑微的人，但是他有高贵的外表。他的前额和眼睛说明他是多么的聪明。瓦尔得马尔·杜喜欢听他说话。他的大女儿意德——现在十五岁了——也是这样。在他正为父亲造船的时候，他也在为自己造了一个空中楼阁：意德将和他作为一对夫妇住在里面。倘若这楼阁是由石墙所砌成，有城壕和壁垒，有花园和树林的话，这个幻想或许可能成为事实。只是，虽然这位建筑师有一个聪明的头脑，但他却是一个十足的穷鬼。的确，一只麻雀怎么可以在鹤群中跳舞呢？嘘——呼！他飞走了，我也飞走了，因为他不能住在这里。小小的意德只好克制她的难过的心情，因为她非得克制不可。”

“那些在马厩里嘶鸣的黑马，它们真是值得一看，而且也确实有人来看它们。国王亲自派海军大将来布置购买它并检验这艘新船。海军大将也大为赞赏这些雄赳赳的骏马。我听到了这一切，”风儿说，“我陪伴这些人走进敞着的门。我在他们脚前的地方撒下一些叶草，像一条条的黄金。瓦尔得马尔·杜想要得到金子，海军大将想要得到那些黑马——因此他才那样去称赞它们，但他的意思没有被听懂，最后船也没有买成功。它躺在岸边，亮得发光，周围全是木板。它是一艘诺亚式的方舟，但却永远不曾下过水。呼——嘘！走吧！走吧！这真可惜。

“冬天，田野上盖满了白雪，‘巨带’里面结满了冰，我把大块的冰块吹到岸上来，”风儿说，“乌鸦和大渡鸟都飞来了，它们成群结伴，一个比着一个黑。它们落到岸边那被遗弃了的、孤独的、没有生命的船上。它们用一种暗哑的调子，为那被遗弃了的贵重的雀巢和已经不再有的树林，为那些没有家的少少老老的麻雀而哀鸣。这完完全全是因为那一大堆木头——那一条从来没有出过海的船的缘故。

“我把雪花搅得飞乱，像巨浪似地雪花围在船的周围，压在船的上面！我想让它听到我的声音，让它知道，风暴有些话要说。我知道，我在尽我最大的力量教它关于航行的技术。呼——去吧！——嘘！

“冬天逝去了，夏天和冬天都逝去了。它们在逝去，就像我一样，像雪花般的飞舞，像玫瑰花般的飞舞，像树叶的下落——逝去了！逝去了！人也逝去了！

“不过那几个女儿依旧很年轻，年幼的意德是一朵绽放的玫瑰花，美得像那位建筑师初次见到她的时候一样。她经常若有所思地站在花园的玫瑰树旁，都没有注意到我在她松散的头发上撒下花朵，这时我就抚摸着她那棕色长头发。于是她就凝望那在花园的树林和荫森的灌木丛和那鲜红的太阳之间露出来的金色天空。

“她姐姐约翰妮像一朵百合花，高视阔步，亭亭玉立，和她母亲一样，只是梗子脆了一些。她喜欢走过悬挂着祖先画像的大厅。在画中那些仕女们都穿着天鹅绒和丝绸的衣服，她们的头发上都戴着点缀着珍珠的小帽。她们是一群美丽的仕女，她们丈夫穿着的不是铠甲，就是用松鼠皮做的里子和有绉领的大氅。他们的腰间别着长剑，但却没有扣在股上。约翰妮的画像会在哪一天在墙上挂起来呢？她高贵的丈夫将又会是个怎么样的人物呢？是的，这就是她心里所想着的事情。当我吹过长廊，飞过大厅，然后又折转身的时候，我听到了她说的话。

“那朵白净的风信子安娜·杜洛苔刚刚满十四岁，是一个喜欢深思和安静的女子。她那副深蓝而大的眼眸有一种沉思的神情，但她的嘴唇上仍飘着一种充满稚气的微笑。我没有办法将它吹掉，而且我也没有心思要这么做。

“我在空巷里，在花园里，在田野间遇见过她。那时她在采摘花草。她明白，这些东西对她的爸爸有用。她可以把它们蒸馏成饮料。瓦尔得马尔·杜是一个骄傲自满的人，不过他也是一个学识渊博的人，知道很多事情。那不是一个秘密，人们都对这事情高谈阔论。他那烟囱即使是在夏天还有烟冒出来。他的房门是锁闭的，一连几天几夜都是如此。但是他不大乐意谈及这件事情——大自然的力量应该是在沉静中被征服的。不久他就找出了一个最大的秘密——制造赤金。

“这正是为什么烟囱一天到晚在喷出火焰、一天到晚在冒烟的缘故吧。是的，当时我也在场！”风儿说，“‘还是让我去吧，’我对着烟囱口唱：‘它的结果只将会是一堆烟、空气、炭和炭灰！把你自己烧个精光！呼——呼——去吧！——呼——去吧！’但是瓦尔得马尔·杜并不会放弃他的目的。

“马厩里面那些漂亮的马儿——它们会变成了什么呢？箱子和碗柜里的那些田野里的母牛、旧金银器皿、房屋和财产都会变成什么呢？——是的，它们可以熔化，可以在那金坩埚里熔化掉，但那里面却变不出金子！

“酒窖和库房，谷仓和储藏室，现在空了。人数也减少了，但是老鼠却增多了。这块玻璃裂了，那块玻璃碎了，我可以不通过门就能进去了，”风儿说，“烟囱一出烟，就说明有人在做饭。只不过是为了炼赤金，却把所有的饭都耗费光了。

“我吹进院门，像一个看门人吹着号角一般，不过这里却没有什么看门人，”风儿说道，“我把尖顶上那个风信鸡吹得自打转。它嘎嘎作响，像一个守望塔上的卫士正在打鼾，可是这里却没有什么卫士，这儿只有成群的老鼠。‘贫穷’就躺在桌子上面，‘贫穷’就坐在橱柜里和衣橱里；门脱了节，出现了裂缝，我可以随便地跑出跑进。”风儿说，“因此我什么都知道。

“在灰尘和烟雾中，在失眠和悲愁之夜中，两鬓和胡须都变白了。他的肤色变得枯黄，他的眼睛发出贪图金子——他追求的金子——的光芒。

“我把火灰和烟雾向他的胡须和脸上吹去；他没有得到金子，却欠下了一堆债务。我从碎了的玻璃窗和打开的裂口吹进去。我吹进他那些女儿们的衣柜里面去，那里面的衣服都破旧和褪色了，因为她们总是穿着这几件衣服。这首歌不是在她们婴儿时的摇篮旁边唱的！富有的生活现在变成了贫穷的日子！我现在是这座公馆里唯一声歌唱的人！”风儿说，“我用雪把他们封闭在屋子里面；人们说雪能保持住温暖。他们没有木柴；那个提供给他们木柴的树林已经被砍没了。天正下着严霜。我在走廊和裂缝里吹，我在屋顶上和三角墙上吹，主要是为了要运动一下。这三位出身高贵的小姐，冻得爬不起床来。父亲在皮褥子下面缩成团状。烧的东西也没有了，吃的东西也没有了——这就是贵族的生活呀！呼——嘘！去吧！可是这正是杜老爷办不到的事情。

“‘冬天过后春天就会来了，’他说，‘贫穷过后快乐的时光就会来了，但是快乐的时光必须得等待！现在田地和房屋只剩下一张典契，这虽是倒霉的时候。但是金子马上就会来的——在复活节的时候它肯定就会来了！’”

“我听见他望着蜘蛛网这样讲：‘你个聪明的小职工，教我怎样坚持下去！人们撕坏你的网，你会重新编织，把它完成！人们再撕毁它，你还会坚决地又开始工作——又开始工作！人也应该是这样的！力气决不会白费。’

“现在是复活节美丽的早晨。钟在响，太阳在晴空中玩耍。瓦尔得马尔·杜在狂热的兴奋中守了一整夜。他在熔化，冷凝，提炼和混和。我听见他像一个失望的魂魄在叹气，我听见他在祈祷，我观察到他屏住呼吸。灯油燃尽了，可他却不注意它。我吹着炭火，它射在那苍白的面庞上，使他泛出一丝红光。他深凹的眼睛在眼窝里望——它们越睁越大，就好像它们要跳出来似的。

“请看这位炼金术士的玻璃杯！那里面发出的红光，它是纯清的、赤热的、沉重的！他颤抖的用手把它托起来，并用颤抖的声音喊：‘金子！好多金子！’他的头脑有些昏胀——我很容易就能把他吹倒，”风儿说，“不过我只捐着那灼热的炭；我陪着他走到正冻得发抖的女儿房间里去。他的上衣上面全是火灰；他那胡须里，就连他蓬松的头发上，也都是火灰。他笔直地站立着，高高地托起他放在易碎玻璃杯里的贵重宝物。‘金子，金子！——炼出来了，胜利了！’他叫喊着，同时把杯子举到空中，让它在太阳光下发出光芒。但是他的手却在发抖，这位炼金术士不小心把杯子掉到地上，跌成一千块碎片。他幸福的最后泡沫现在也炸碎了！呼——嘘——嘘！去吧！我从这个炼金术士的家里飞出去了。

“在岁暮的时候，日子是相当短的。雾也降下来了，在光赤的枝子和红浆果上凝成水点。我精神抖擞地回来了，我扫过青天，横渡高空，还把干枝折断——这倒不是一件很艰难的事情，但却非做不可。在波列埠公馆里，在瓦尔得马尔·杜的家中，现在有了另一种大扫除。他的敌人，巴斯纳斯的奥微·拉美尔拿着家具的卖契和房子的典契来了。我在腐朽的门上打，在碎玻璃墙上敲，在裂缝里面呼啸：呼——嘘！我要让奥微·拉美尔不喜欢在这里待下去了。安娜·杜洛苔和意德哭得很是伤心；亭亭玉立的约翰妮脸色苍白，她咬着拇指，直到血流出来——但是这又有什么作用呢？奥微·拉美尔允许瓦尔得马尔·杜在这里一直住到死，可是并没有人因此而感激他。我在默默地听。我看到这位无家可归的绅士扬起头来，显示出一副比平时还要傲气的神情。我向这公馆的那些老菩提树袭去，折断了一根最粗的树枝——一根还没有腐烂的枝子。这树枝作为一把扫地的东西躺在门口，人们可以使用它把这房子扫个干净，人们也在扫了，事实上——我想这样很好。

“这可真是艰难的日子，这是最不容易保持镇静的时刻。但是他们的骨头是硬的，他们的意志是坚强的。

“除了穿的衣服之外，他们什么都没有了。不过，他们至少还有一件东西——一个新近买的用来炼金的杯子。它放满了从地上捡起来的那些细小的碎片——这东西也期许有一天会变成财宝，但是从来就没有兑现。瓦尔得马尔·杜把这财宝藏进他的怀里。这位曾经是豪富的绅士，现在手中却拿着一根棍子，带着他那三个女儿走出了波列埠公馆。我在他灼热的脸上吹了一股股寒风，我抚摸着他雪白的长头发和灰色的胡须，我尽我的最大力量唱出歌来——‘呼——去吧！——嘘！去吧！’这就是雍容华贵的一个结局。

“意德在老人的这一边走，安娜·杜洛苔在另一边走。约翰妮在门口掉转身来——为什么呢？幸运并不会因此掉转身来呀。她向马尔斯克·斯蒂格公馆的红墙壁看了一眼，她想到了斯蒂格的女儿们：

年长的姐姐牵着年幼的妹妹的手，
她们一起在茫茫的世界里面漂流。

“难道她想起了这支记忆遥远的歌吗？现在她们姐妹三人在一起——而且父亲也跟在一道！他们曾经走着这条路——他们豪华的车子曾经走到

过的这条路。她们就像一群乞丐一样搀着老父亲向前走；他们走向斯来斯特鲁的田园，走向那年租十个马克的泥棚里面去，走向没有家具的空洞的新家里去。穴鸟和乌鸦在他们的头上盘旋着，号叫着，仿佛是在讥讽他们：一样‘没有了巢！没有了！没有了窠！没有了！’这正像是波列埠里的树林中被砍下时鸟儿的伤心的哀鸣一样。

“杜老爷和他女儿们一听就知道其中的道理。我在他们的耳旁吹，因为听到这些话其实我们也得不到什么好处的。

“他们住进斯来斯特鲁田庄上的泥棚里去。我走过沼泽田野、落叶的树林和光赤的灌木丛，走在汪洋的水上，走到别的国家里去：呼——去吧！——嘘！去吧！永远地去吧！”

瓦尔得马尔·杜和他的女儿们最后得到什么结果了呢？风儿说：

“是的，我最后一个看到的是安娜·杜洛苔——那朵漂亮的、淡白色的风信子。现在她腰也弯了，也老了，因为那已经是五十年之后的事情了。她经历了一切，她活得最久。

“在那长满了石南植物的荒地上，在微堡城的附近，有一幢副主教住的、华丽的新房子。它是用红色砖瓦砌成的：它有锯齿状的三角墙。浓烟从高高的烟囱里冒出来。那位娴淑的太太和她庄重的女儿们坐在大窗子的后面，朝长满了石南植物的棕色荒地，朝那花园里倒悬的鼠李凝望。她们在望什么东西呢？她们在望那儿一个泥棚上快要倒的鹳鸟巢。如果说那有什么屋顶，那这屋顶只是一堆石莲花和青苔——最干净的地方就是鹳鸟做巢的地方，而且也只有这一部分是完整的，因为鹳鸟想把它保持完整。

“那个屋子不能碰，只能看，我要对它谨慎一点才好，”风儿说，“这泥棚是因为鹳鸟的巢才被保存下来的，即使它是这荒地上一件令人害怕的东西。副主教不情愿把鹳鸟们赶走，因此这个破旧的老棚子就被保存下来了，那里面的穷苦人家也就能够住下来。她理应感谢这只来自埃及的鸟儿。她曾在波列埠树林里为它黑兄弟的巢里求过情，可能这只是它所得到的一种报酬吧？在那个时候，可怜的她，还是一个幼小的孩子——豪富的花园里一朵淡白颜色的风信子。安娜·杜洛苔把这一切都记得真真切切。

“‘啊！是的，啊！人们可以为此叹息，像风在灯芯草和芦苇里叹息似的，啊！瓦尔得马尔·杜，啊！当你入葬的时候，没有人为你敲响丧钟！当这位波列埠的主人被埋进地下的时候，也没有穷孩子来吟唱一首圣诗！啊！任何事物都有一个头，穷苦也没什么区别！意德妹妹成了一位农夫的妻子。这对我们的父亲来说是一个严厉的考验！女儿的丈夫——是一个穷苦的农奴！他的主人可以随时叫他骑上木马。他现在应该已经是躺在地下吧？意德，至于你，也是一样的吗？嚷！倒霉的我啊，还没有一个满意的终结！请让我死吧，仁慈的上帝！’

“这是安娜·杜洛苔在那个破旧的泥棚——为鹳鸟巢留下的泥棚——里所作真诚的祈祷。

“三姐妹中最能干的一位被我亲自带走了，”风儿说，“她身着一套符合她性格的衣服！她化装成一个劳苦的年轻人，到一艘海船上去工作。她不愿意多讲话，面孔一直板着，她乐意做自己的工作。但爬桅杆她可真是不会，所以在别人还没有发现她是一个女人之前，我就把她吹到船下去。我想这是一桩好事！”风儿说。

像瓦尔得马尔·杜幻想他发现赤金的那样一个复活节的清晨，我在那几片要塌的墙体之间，海在那鹳鸟的巢下面，听到吟唱神圣的圣诗的声音——这是安娜·杜洛苔的最后的一支歌。

墙上没有窗户，只有一个洞口。太阳像一堆光彩的金子似地升起来，照耀着这屋子。阳光才算是可爱哩！她的眼睛在裂开，她的心在裂碎！——即使这天早晨太阳没有照着她，这事情也将会发生。

“鹳鸟当作屋顶盖着她，一直到她死！我在她的坟旁唱歌！”风儿说，“我在她父亲的坟墓旁歌唱。我知道他和她的坟在什么地方；别的人谁都不知道。

“不同的时代，新的时代！私家的土地上修建起了公路，坟墓变为了大路。不久蒸气就会带着长长的火车到来，在那些像人的名字一样被遗忘了的坟上飞驰过去——呼，去吧！嘘！去吧！

“这是瓦尔得马尔·杜和他女儿们的精彩故事。假如你们能够的话，请把它讲述得更加好一点吧！”风儿说完就掉转过身去。

它不见了。

踩面包的姑娘

你大概听说过那个怕弄脏自己鞋子便去踩面包的小姑娘吧，听说过她遭了多大的罪吧。这些事是写在和印在纸上的。她是一个穷孩子，但却很骄傲，觉得自己很了不起，像俗话说得那样，她这个孩子本性不太好。还在她很小的时候，便去逮苍蝇，撕下它们的翅膀，让它们只能去爬，以此取乐。她还把大甲虫和金龟子也抓来，各自穿在一根针上，在它们的脚下放着一片嫩嫩的绿叶或者一小块轻薄的纸，可怜的小虫子们便紧紧抓住叶子和纸片，转过来，翻过去，想挣脱掉那根针。

“大甲虫会看书了!”小英娥说道，“你看它翻纸的那个样子!”

随着她渐渐地成长，她没有变得好一些而是变得更坏了。不过她长得还挺好看的，这也正是她的不幸所在，否则，她大概会被管束得和现在不一样。

“你的头得拿浓碱水好好泡泡!”她母亲说道，“你还是个孩子的时候，就经常踩我的围裙，我怕你长大了会经常踩在我的心头上。”

她真是这么干的。

现在她到乡下有钱人家去当帮工了，人家对她就像对待自己的孩子一样，于是她穿得很好。

她很漂亮，楚楚动人，就以为自己了不起、不可一世了。

她在外帮工了一年，她的主人对她说：“小英娥，你该回去看看你的父亲母亲了啊!”

她倒是也回去了，不过是为了显示给他们看她穿戴得很漂亮。然而在走出乡下快到城里的时候，她看见一群小姑娘和小伙子在街头的水池边闲聊着，而她的母亲正坐在一块石头上休息，旁边放着一捆刚刚砍下来的劈柴，是她从树林中拾回来的。于是小英娥扭身就往回走。她总是觉得自己穿得这么漂亮竟然会有这么一个穿着破衣烂衫，很丢她面子的拾柴火的妈妈，这是一件很可耻的事。她丝毫也不觉得难过和悲伤，心里感到很是烦恼。

又过了半年的时间。

“你一定得抽一天回家看看你的老父母亲啊，小英娥！”她的女主人对她说道。“这里有一大块小麦面包，你可以拿回去给他们尝尝，看见你他们会很高兴的。”

小英娥穿上她最漂亮的衣服，也穿上了她的新鞋。她把裙子提起来，很小心翼翼地走着。她想保持双脚总是那么光洁美丽。可是她来到了一片泥泞地，道上有水，有污泥，于是她便把面包扔到污泥里，她踩在面包上走了过去，不让鞋子沾上泥水。但是，当她一只脚踩在面包上时，另一只脚刚抬起的一刹那，面包带着她一同沉了下去，陷得越来越深，直到她被完全沉没，剩下的只是一个冒水泡的黑泥坑。

那个故事就是这样发生的。

那么小英娥到哪里去了呢？她到了酿酒的那个妖里妖气的沼泽女人那里去了。沼泽女人是妖女的姑妈。妖女们是很出名的，有许多关于她们的传说，还有不少她们的画，但是关于沼泽女人，大家知道的可能少一点。夏天，草地上雾气腾腾的时候，那是沼泽女人们在蒸酒。小英娥就是沉到她的酿酒房里面去了，那地方可是不能久待的啊，和沼泽女人的酿酒房比起来，这个烂泥坑也还算得上是明亮的房间呢！所有的酒缸都散发着一种世上少有的怪味，熏得人晕头转向的，酒缸一个紧挨一个地排列着，中间有一个小缝，即使容得下人挤过去的话，你也过不去的，因为这里黏糊糊的癞蛤蟆和肥胖的水蛇都缠在了一起，小英娥便沉到了这里。所有这些叫人恶心和感到肮脏的东西都是冰凉和没有人情味的，她浑身上下哆嗦了起来，是啊，她的身子变得越来越僵了。她牢牢地踩着面包，面包又拽着她，就像是一颗琥珀纽扣吸着一根小草一样。

沼泽女人在家里，说来真是凑巧啊，魔鬼和魔鬼的曾祖母那天也正好来酿酒房串门，她是一个十分恶毒的老女人，总是闲不住，如果不带着她的手工活儿，就不会出门，今天她的手工活儿也在这儿。她专门给人的鞋子缝上“不停地走”之类的符咒，让穿着缝有这种玩意儿的人永远不得安宁和平静。她还会绣谎话，会把掉到地上的一切胡言乱语都织在一起，拿去害人，诱使人堕落。

她看见了小英娥，接着把眼镜戴上又看了她一眼：“这是个有灵性的姑娘！”她说道，“我请求你把她给我，作为这次我来这儿的纪念！她会成为装点我重孙子前庭的很合适的雕像的。”于是她得到了小英娥。小英娥就这样被带到了地狱。一般来说，人并不是这样直接下到地狱的，要是他们有灵性的话，便可以绕道去地狱。

那里是一片无边无际的前庭，往前看你会觉得头昏眼花，往后看也一样。在这儿，一大群已经僵硬的死人正在等着慈悲的大门向他们打开，他们要等很长时间的！又肥又大爬的蜘蛛在他们的脚上吐着千年老丝网。这些蜘蛛网像脚镣一样勒进了他们的肉里，像铜链一样锁住了他们。因为这个缘故，他们的灵魂就永远都不得安宁了。守财奴站在那里，忘了带他的钱柜钥匙，虽然他知道钥匙插在钱柜的锁眼上了。是啊，要是把大家遭受的痛苦和灾难一点不少地叙述一遍的话，那会是非常冗长费神的事情。作为一座雕像立在那里，小英娥体验到了那种悲惨和凄凉。而且，她的双脚牢牢地陷入了那块面包里。

“为了不把脚弄脏便落得个这样的下场！”她自言自语地说道，“瞧，他们都盯着我！”可不是，大家都看着她呢，恶毒的念头从他们的眼里显现了出来。他们讲着，但嘴角发不出任何声音，这些人看上去真可怕啊。

“看着我一定是件快乐的事！”小英娥想道，“我的面庞很漂亮，又穿着很迷人的衣服!”然后她转动着她的大眼睛，脖子太硬了，转不动啊。真糟糕，倒霉的事一件接着一件，沼泽女人的酿酒房把她弄得多脏啊，简直是惨不忍睹啊，她一点都没有想到。她的衣服就像被一整块黏液渗透了一样，头发上爬着一条蛇，蛇头落在了她的脖子上。身上的衣裙的每个褶纹里都有一只令人讨厌的癞蛤蟆伸头往外看着，得了咳喘病的哈巴狗汪汪地叫着。真让人觉得难受啊。“不过这里其他的人也都很吓人的!”她这样自我安慰着。

糟糕透顶的是，这时她觉得饿得要死啊！她能不能弯下腰来掰一块脚下踩着的面包？不行，背脊骨是僵硬的，胳膊和手也是僵硬的，她的整个身子就像一尊石雕像，只有脸上的大眼珠会转动，能整整转一圈。于是很自然地可以看到背后的一切事情，那情景真是可怕，太可怕了。接着，叫人讨厌的苍蝇来了，苍蝇在她的眼睛上爬来爬去，她眨着眼，但是苍蝇也不飞走，因为它们不会飞，它们的翅膀都被无情地撕掉了，成了爬虫。真让人痛苦，还有饥饿，到最后，她觉得五脏六腑浑身上下都像被自己吃掉了似的，她的身体内空空的，令人恐惧的空无一切。

“再这样下去，我就会吃不消了!”她说道，但是她还得忍着。这情形依然继续着，没完没了地延续着。

这时，一滴热泪掉到了她的头上，滚过她的脸和胸落到了令人垂涎欲滴的面包上，接着又掉了一滴，相继又掉了许多滴。是谁在为我们可爱的小英娥哭泣？地面上不是有她的母亲吗？一位母亲为她的孩子而流的悲痛的眼泪总会掉到那个可爱的孩子身上的，可是这些泪珠并未减轻她的痛苦，泪珠在烧炙着，只会使痛苦更加加剧。还有无法忍受的饥饿和她根本就够不着脚下踩着的那块面包的煎熬。最后她产生了一种幻觉，她把自己的内脏都吃光了，她成了一个沉重、空洞、毫无知觉的管子，而且把一切能够听到的声音都吸收了进去，她清楚地听见地面上的人们谈论着她的一切，她听到的全是尖锐地责备她的话。她的母亲哭得很厉害很是难过，但接着又说：“是骄傲让你栽了个大跟斗的，才遭这种无法形容的罪。这是你的不幸和上帝安排的命运啊，小英娥！你让你母亲伤透了心啊！”

她自己亲爱的母亲和上面提到的所有的人都已经知道了她的罪恶，知道她踩着面包走，知道了她的沉沦和愚蠢，这是一个放牛的人说的，他在山坡上看见了一切。

“你令母亲伤透了心啊，小英娥！”母亲说道，“是啊，我早就料到了！”

“要是我没有生在这个令人厌倦的世上就好了！”听了母亲的话，她想道，“那就太好了。现在母亲哭又有什么用呢。”

她听见她的主人，那些体面和风度翩翩的人，像自己的亲生父母一样对待她的人都在说：“她是一个罪孽深重的坏孩子！”他们还说：“她一点也不珍惜上帝的礼物，而是把它踩在了脚下，她终生也难进慈悲之门啊。”

“他们真该早些严格地管教我啊！”小英娥想道，“如果我有什么不可告人的邪念便把它们消灭掉。”

她还听见有人编了一首歌谣说她：“高傲和叫人感到可怜的姑娘，踩着面包走，怕把鞋弄脏。”这首歌全国上下的人们都在唱。

“为了这件事我要听尽人间多少的责骂啊！我要受多少罪啊！”小英娥想道，“别人也真该因为他们的罪孽挨罚了啊！是啊，该惩罚的有多少啊！唉，我是多么痛苦啊！”

于是，她的心灵比躯壳变得更加僵硬了。

“在这里和这些人混在一起，是没法变好的！我也根本就不想变好！瞧他们的那个眼神！”

于是她的心绪变得愤怒了起来，对所有的人都产生了恶意。

“这下子他们在上面就很自然的有话可讲了！——唉，我是多么痛苦啊！”

她听见他们对自己的孩子讲她的离奇和悲惨的事情，小孩子们都把她叫做亵渎了上帝神灵的小英娥——“她真叫人憎恶啊！”他们说道，“真坏，没有什么值得叫人怜惜的，她活该受罚！”

小孩子的话总是那么的尖刻不饶人。

然而有一天，正当悲伤和饥饿难耐在啖食她自己空洞的躯体的时候，她好像听见有人向一个天真无邪、不懂世事的小姑娘提到了她的名字，讲着她曾经独自经历过的事情，她觉得，小姑娘听到关于高傲和爱慕虚荣的小英娥的事情时放声地哭了起来。

“可是，她再也不会重回人间了呢？”小姑娘问道。得到的回答却是：“她再也回不来了啊！”

“要是她请求上帝的宽恕，以后再也不那么很随意反叛地做呢？”

“可是，她是不会请求宽恕的！”他们说道。

“我真希望她会请求上帝的宽恕！”小姑娘无限悲伤地说，“我愿把我所有的玩具娃娃都献出来，只要她能够再到上面来！这对可怜的小英娥是多么的残忍啊！”

这席话涌进了小英娥的心头，一下子感动了她的内心世界；有人说：“可怜的小英娥！”这还是头一回，而且没有提到她的过失和犯下的过错，一个天真无邪的小孩子哭了，为她在祈祷，她为此而产生了一种非常奇特的感觉，她自己也想大哭一场，但是却不能哭，这也是一种痛苦啊。

上面的岁月在无情地流逝着，而下面却没有一点的变化，她很难再听到上面人类的声音了，关于她的谈论越来越少了，忽然有一天她听到一声叹息：“小英娥啊！小英娥！你让我多么的痛苦啊！我早说过了！”这是她的母亲弥留之际的叹息声。

她还听到了她的主人念叨她的名字，都是最充满温情的那些话，女主人说：“我真不知道我是不是还能见到你啊，小英娥！谁知道到哪里去才能见到你啊！”

但是小英娥自己很清楚，她仁慈的女主人永远也到不了她所在的这个地方。

这样又过了漫长而又痛苦的一段时间。

突然小英娥好像又听到有人提到了她的名字，看见在她的正上方的位置有两颗明亮的星星在闪动着，那是两只温柔的眼睛在上面一眨一眨的。自从那个小姑娘为“可怜的小英娥”而悲痛地哭泣以来，许多年已经过去了，小姑娘已经长成了老妇人，现在上帝也要召唤她去了，就在这时，她终生不忘的一个念头浮现在了她的脑中，她记起她小时候，怎样为了小英娥的事情而哭泣；在她临终时那印象是多么生动地浮现在了她的脑海中，她竟高声喊道：“上帝啊，我的主，不知道我是不是也像小英娥一样在你恩赐的礼物上踩过却不自知啊，是不是我也在头脑中有过这种让人无法忍受的高傲的念头，但是你都能仁慈地没有让我沉沦，而是让我留在了这个世上！在我这最后一刻请不要松手放掉我呀！”

老人的眼睛也慢慢地闭上了，但心灵的眼睛却对一些不能洞见的东西睁开着，因为小英娥一直生动地存在于她的思念中，于是她看到了她，看到她陷得是多么的深。看见这情景，虔诚的老妇人哭了，她在天国中站着像一个小孩为可怜的小英娥哭泣着，哭声和她的祈祷声在空洞的躯壳里回响着，这躯壳包藏着那个至今依然受囚禁的、痛苦的心灵，这心灵被天上来的未曾想到过和经历过的爱所感化，上帝的一个天使也在为她哭泣！为什么要赐予她这个！受苦的心灵也回想着它在人世间所做的一切，它颤抖着哭了起来，是小英娥没有过的哭泣，她心里一直充满了对自己过错的悔过，她以为慈悲和仁慈的大门永远也不会为她敞开了，就在她悲痛欲绝地认识到她的所作所为和为人处世时，在这深渊中忽然闪现了一道亮光，这道奇特的神奇之光比融化小孩们在院子里堆起的雪人的光亮还要强烈耀眼，接着，比雪花掉在孩子们的嘴里融化成小水珠还要迅速，小英娥僵硬直立的身躯融成了一阵烟雾，一只小鸟闪电般地东躲西藏着朝人类的世界飞去，它对四周的一切太害怕了，同时也十分的羞涩，为自己感到羞愧，怕听见所有活的生灵的声音。它匆匆地躲进一片倒塌的土墙上的一个黑洞里。它蹲在那里，缩成一团，浑身发抖，发不出任何声音。它没有声音，躲了许久心绪才渐渐地安静下来，看了看周围的一切，感觉到它蹲的那个地方是多么的舒服啊。是的，这里很舒服，空气是新鲜的，柔和的，月亮明亮地照射着，树林、丛林散发着香气，它栖息的那块地方是多么的舒适啊。它的羽毛衣裳是那么清洁美丽。真的，造物主所创造的人类的一切都充满了爱和美！鸟儿在心中激荡和洋溢着的一切思想火花都像歌儿一样迸发出来了，可是它不能，它非常想歌唱，像春日里的杜鹃和夜莺一样歌唱。上帝啊，他能听见虫儿无声的赞歌和礼赞吗？也能感觉到鸟儿所具有的思想的和声了吗？

这些无声的岁月之歌在鸟儿的思想中不断酝酿成熟了，许多时日了，它一扇动翅膀做出些善行，它心中的歌便会倾泻而来，必须去做善事啊。圣洁、令人期待的圣诞节到了。农民在墙边放了一根经常用的竿子，上面绑着一束没有打净的小麦穗儿，天上的鸟儿也应该过着一个令人感到无比幸福和愉快的圣诞节，应该在上帝的这个节日里快乐地享受一番。

圣诞节的早晨，太阳冉冉升起来了，光照在沉甸甸的麦穗上，唧唧喳喳的鸟儿都围在带有食物的竿子旁边转来转去，这时墙里也传来了唧唧的声音，很是好听和悦耳，那不断涌现的思想也变成了轻快和美妙的声音，那微弱的唧唧声是一首欢乐的礼赞，善行的思想开始苏醒了，鸟儿也从它藏身的角落飞了出来，梦想中的天国当然也会知道这是一只什么样的小鸟了。

严寒的冬天来临了，水都结成了深厚的冰，鸟和生活在树林中的各种各样的动物很难找到食物。那只小鸟飞到了乡间的大道上，在雪橇留下的轨迹里不停地寻找和搜索着，偶尔也能找到一粒麦子，在路旁人们歇脚的地方找到了一两块面包屑。它只吃一小部分，把其他饥饿的麻雀都唤来了，让它们在这里也能找到吃的。它飞进了交通便利和富庶的城里，到处张望着，有时一只仁慈的手会撕点面包放在窗边让鸟儿们吃，它只吃很少的一点，把其余的都给了别的鸟儿。

冬天，鸟儿分给大家的面包屑加起来几乎已经和小英娥为了不弄脏自己的鞋子而踩到的那块还可以吃的面包一样大了，在它找到了最后的一块并且把它分开和留下来的时候，这鸟儿的翅膀忽然变成白色的了，宽宽地伸展了开来。

“海上有一只海燕正在飞翔横渡海峡呢!”看见了这只轻盈优美丽的白色鸟儿的孩子们都在说。现在，它时而冲向海面，时而在璀璨的阳光中高高升起，看不见它飞到哪里去了。人们说，它一直飞到太阳里面去了。

风 车

山上有一个小风车。它的样子很骄傲，它也真的感到很骄傲。

“我一点也不骄傲！”它说，“但是我的里里外外都很明亮。太阳和月亮照着我的外面，也照着我的里面。我里面还有混合蜡烛、牛油烛和鲸油烛。所以我敢说我是明亮的。我是一个有思想的人，我的构造很好，一看到就叫人感到愉快。我的怀里有一块质地很好的磨石。我有四个翅膀——它们长在我的头上，都在我的帽子底下。燕子只有两个翅膀，而且只是长在背上。”

“我出生以来就是一个荷兰人，这点可以从我的形状上看出来——‘一个飞翔的荷兰人’。我知道，大家把这种人叫做‘超自然’的事物，但是我却是很自然的。我的肚子上围着一道走廊，我的脚下有一个房间——我的‘思想’就藏在这里。别的‘思想’把我一个最主要的主导‘思想’叫做‘磨坊人’。他想要的是什么，他管理面粉和麸子。他有一个伴侣：她叫‘妈妈’。她是我真正的心。她并不傻里傻气地到处乱跑。她知道她想要的是什么，她知道她能做些什么。她就像风一样的温和，像暴风雨一样强烈。她知道怎样应付各种事情，而且她总会成功。她是我温柔的一面，而‘爸爸’却是我坚强的一面。他们是两个人，但也可以说成是一个人。他们彼此称之为‘我的老伴’。”

“这两个人还有小孩——小‘思想’。这些‘小思想’也能长大成爸爸、妈妈一样的思想。这些小家伙老是闹个不停！前几天我严肃地叫‘爸爸’和孩子们把我怀里的轮子和磨石检查一下。我想知道这两件东西到底出了什么坏毛病，因为我的内部出现了点问题。一个人也应该经常检查自己一下。这些小家伙总是闹出一阵可怕的声音来。对我这样一个高高在上的人说来，这的确是太不像样了。一个人应该知道，每个人是站在光天化日之下的，而在光天化日之下的时候，一个人的毛病是一下子就可以看出来的。”

“我刚才就说过，这些小家伙总是闹出可怕的声音来。最小的那几个甚至钻到我的帽子里乱吼乱叫，弄得我很不舒服。小‘思想’可以长大起来，这一点我当然知道得清清楚楚。有时外面也有别的‘思绪’来访，不过他们不属于我这个家庭，因为根据我的想法，他们跟我没有共同之处。那些没有翅膀的屋子——你听不见他们磨磨石的声音——虽然也有些‘思想’。他们来看我的‘思绪’，并且跟我的‘思想’谈起所谓的恋爱来。这真是奇异；的确，怪事也挺多的。”

“我的身上——或者身体里——最近起了某种变化：磨石的活动有些异样不好的感觉。我猜测‘爸爸’换了一个‘老伴’：他似乎得到了一个脾气更热情、更温和的配偶——非常年轻和温柔。但又可能是同一个人，只不过时间使她变得更可爱，更温柔罢了。不愉快的事现在都没有了，一切都非常欢乐。

“旧的过去了，新的好日子又到来了。时间一天一天地更加光明和快乐，直到最后我的一切工作完了为止——但不是绝对地完了。我将被爸爸拆掉，好使我又能够变成一个新的、更好的磨坊。旧的我将不再存在，但是我将继续活下去！我将变成另一个东西！这一点我花了好久才理解，不管我是被月亮、太阳、混合烛、鲸油烛和牛油照得怎样‘明亮’。我的旧木料和砖土将会再次从地上立起来。”

“我希望我仍能和我的老‘思想’们在一起。磨坊里的爸爸、妈妈、大孩子和小孩子——整个的家庭。我管他们大大小小都叫做‘思考的家属’，因为我没有他们是不快乐的。我也要保留住我自己——保留住我身体里的磨石，我头上的翅膀，我肚子上的走廊，不然我就不认识我自己了，别人也不会认识我的，同时会说：‘山上有一个磨坊，看起来倒是蛮了不起，但是很陌生的。’”

这是磨坊说的话。事实上，它说的比这还多很多，不过这是最重要的一部分。

日子来，日子去，而昨天是磨坊最后的一天。

这个磨坊着火了。火焰升得很高。它向外面烧，也向里面烧。它舐着大梁和木板。结果这些东西全被吃光了。磨坊倒下了，它只剩下一堆灰土。烧过的地方还在冒烟，风一会儿把它吹走了。

磨房里曾经出现过的东西，现在仍然存在着，并没有因为这件意外而被毁坏。事实上它还因为这次意外而得到许多好处。磨坊主的一家——许多思想，仍然只是一个思想主导的——又新建了一个漂亮的磨坊。这个新的跟那个旧的没有多大区别，同样有用。人们说：“山上有一个磨坊，看起来很像个样儿!”而且这个磨坊的设备很好，比前一个更近代化，因为事情一直是进步的。那些旧的木料都潮湿了，被虫蛀了。现在它们变成了尘土。然而与它起初所想象的完全相反，磨坊并没有重新站起来。因为它太相信了字面上的意义，而人们是不可能从字面上理解一切事情的意义的。

波尔格龙的主教和他的亲族

我们现在是在尤兰，在那“荒野的沼泽地”的另一边。我们听到“西海的呼啸声”，听到它的浪花的冲击声，而且这些就在我们的身旁。不过现在我们面前涌现出了一个巨大的沙山，在很远处就看见了它，现在我们在沙地上慢慢地赶着车子，正要向前走。这座沙山上有一幢古老的高耸入云的建筑物——波尔格龙修道院。它保留下的最大的一个教堂。有一天我们到这里来，时间已经很晚，不过天空却很晴朗，因为正是光明之夜的季节。我们向周围望得很远，可以从沼泽地一直看到窝尔堡湾，望到草原和荒地，望到深郁的海的彼岸。

我们此刻来到了山上，赶着车子从仓屋和农庄之间走过。我们拐一个弯，走进那幢古老建筑物的大门。这儿有许多菩提树沿着墙成行地站着。风暴吹不到它们，它们长得非常茂盛，以至于它们的枝叶几乎把窗子都掩盖住了。

我们走上盘旋的石阶，穿过那些用粗梁盖成顶的长廊。风儿在发出奇怪的啸声，回荡在屋里屋外。谁也弄不清楚这是怎么回事。是的，当人们感到害怕或者把别人弄得害怕的时候，就会讲出很多道理或看出很多道理来。人们常说：当我们在唱着弥撒时，有许多死了的古老大炮静静地从我们身边走进教堂里去。所以人们可以在风的呼啸声中听到它们走过，这就引起了许多奇怪的想象——人们想起了那个远古的时代，结果就使我们慢慢走进了那个远古的时代里：

在海滩上，一只船搁浅了。主教的下属们都在那儿。海保留下来幸运的人，他们却不保留。那些被打破了的脑袋所流出的血，都被海洗净了。那些被搁了浅的货物成了主教的财产，而这些货物的数量是很多的。海运来许多整桶的贵重的美酒，来充实这个修道院的酒窖。可这个酒窖里已经储藏了不少的啤酒和蜜酒。厨房里的储藏也是非常丰富的：香肠和火腿、宰好了的牛羊。外面的水池里则有许多肥胖的鲫鱼和鲤鱼。

波尔格龙的主教是一位非常有权势的人，他拥有广袤的土地，但是他仍然希望扩张他占有的面积。所有的人必须在看起来很伟大的这位奥拉夫·格洛布面前低下头来以示尊重。

有一次他的一位住在蒂兰的富有的亲族死了。"亲族总是互相嫉妒和仇视；"死者的未亡人现在可要体会这句话的真正含义了。除了教会的产业以外，她的丈夫统治着大片的土地。他们的儿子在外国：他小时候就被送出国去研究异国风俗，因为这是他的梦想。许多年来一直没有他的消息。也可能他已经躺在坟墓里，永远不会回来接替他父亲的统治了。

"怎么，让一个女人来统治吗？"主教说。

他召见她，然后让法庭把她召去。可是他这样做有什么用呢？她从来没有触犯过法律，她本该有充分的理由来维护她的权益。

波尔格龙的主教奥拉夫，那么你的意图是什么呢？你在那张光滑的羊皮纸上写下的是什么呢？你盖上印章，用带子把它扎好，叫骑士带着一个仆人把它送到国外，送到那遥远的教皇城里去，为的又是什么呢？

现在是落叶和船只容易搁浅的季节，寒冷的冬天马上就要到来。

他已经这样做过两次，最后他的骑士和仆人在欢迎声中一起回来了，从罗马带回教皇的指令——一封指责敢于违抗这位虔诚的主教的寡妇："她和她所有的一切将得到上帝的诅咒。她将从教会和教徒中被驱逐出去。谁也不应该帮助她。让所有的朋友和亲戚都避开她，就像避开瘟疫和麻疯病一样！"

"若是有不屈服的人我们必须粉碎他，"波尔格龙的主教说。

于是所有的人都避开这个寡妇。但是她自己却不避开她的上帝。他是她唯一的保护者和帮助者。

后来只有她的一个佣人——一个老女仆——仍然对她忠心耿耿。这位寡妇只好带着她亲自下田去耕作。秋天粮食生长起来了，虽然土地受到了教皇和主教的诅咒。

“你这个来自地狱的孩子！我的意志必须被实现！”波尔格龙主教说，“现在我要用教皇的手按在你的头上，叫你走进法庭，然后灭亡！”

于是寡妇把她最后的两头牛驾到一辆车子上。她带着她的老女仆爬上车子，穿过那荒地，离开了丹麦。作为一个异国人走进异国人的中间去。人们讲着异国的语言，保持着异国的风俗习惯。她一程一程地走了很远，走到一些青山延绵成为峻岭的地方——还有长满了葡萄的地方。旅行商人从旁边走过。他们紧张地看守着满载着货物的车子，担心骑马大盗的部下来袭击他们。

这两个可怜的女人，坐在一辆由两头黑牛拉着的破车里，安静地在这崎岖不平的路上、阴暗的森林里向前走着。她们来到了法国。她在这儿遇到了一位“豪强骑士”带着一队全副武装的随从。骑士停了下来，把这部奇怪的车子打量了一眼，于是便问这两个女人是为了什么目的而旅行，从哪个国家来的。这个寡妇提起丹麦的蒂兰这个名字，倾吐她的悲哀和痛苦——而这些悲愁马上即将告一段落，因为这是上帝的意旨。原来这个骑士就是她的儿子！儿子紧握她的手，拥抱着她。这位母亲哭起来了。她许多年来没有哭过了，以前悲伤时就用牙齿紧咬着嘴唇，直到嘴唇流出血来。

现在是落叶和船只容易搁浅的季节。

海上的浪涛又一次把满桶的酒卷到岸上来，又一次来充实主教的酒窖和厨房。烤叉上穿着野味在烈火上烤着。冬天到来了，但屋子里是很温暖的。这时主教听到了一个意外消息：蒂兰的演斯·格洛布和他的母亲一起回来了；演斯·格洛布要起诉法庭，要在国家的法律和神圣的法庭面前来控告主教。

“这么做对他没有什么用，”主教说，“骑士演斯，他最好放弃这场争吵!”

这是第二年——又是落叶和船只容易搁浅的季节。寒冷的冬天又来了；“白色的蜜蜂”又在四处飞扬，刺着行人的面孔，直到它们融化。

人们从门外走进屋子的时候说：“今天的天气真是冷啦!”

演斯·格洛布沉着地站着，火燎到了他的披风上，马上要烧出一个小洞来。

“波尔格龙的主教！我是来制裁你的！你在教皇的包庇下，法律虽然拿你没有办法。但是演斯·格洛布我对你有办法!”

于是他写了一封信寄给他住在萨林的妹夫奥拉夫·哈塞，请他在圣诞节的前夕，去卫得堡的教堂做早祷的时候来见个面。主教本人要做弥撒，因此他将从波尔龙旅行到蒂兰来。

草原和沼泽地现在全盖上了冰雪。马和骑士，全副武装，主教和他的神父以及仆从们从上面走过。他们在芦苇丛中——风在那里面凄惨地号叫——一条捷径通过。

号手穿着狐狸皮衣，吹起你的黄铜号吧！号声在晴朗的空中回响。这样，他们在荒地和沼泽地上开始驰骋——将在炎暑的夏天出现海市蜃楼的原野上驰骋着，一直向卫得堡的教堂奔去。

风也吹起号角来，越吹越厉害。它吹起一阵可怕的暴风雨，一阵猛烈的暴风雨，越来越大的暴风雨。然后在上帝的暴风雨中，他们向上帝的屋子奔去。上帝的屋子屹立不倒，但是上帝的暴风雨却在沼泽地上和田野上，在大海上和陆地上呼啸着。

波尔格龙的主教到达教堂的时候；奥拉夫·哈塞，不管他怎样飞驰，还是离得很远。他和他的勇士们在海湾的另一边飞速前进，为的是要来帮助演斯·格洛布，因为现在皮尔格龙的主教要在最高的审判席前出现了。

上帝的屋子就是最高审判厅，祭坛就是审判席。惨白蜡烛在巨大的黄铜烛台上明晃晃地燃着。风暴念出控诉和判词；它的声音在荒地、沼泽地、在波涛汹涌的海面上回响着。在这样恶劣的天气中，没有渡船能渡过这个海峡。

奥拉夫·哈塞在俄特松得停顿了一下。在这儿他辞退了他的勇士们，并且给了他们马具和马，同时仁慈地准许他们回家去，和他们的妻子、孩子们团聚。他的打算是在这狂啸的海上独自一个人去冒生命的危险。然而他们得作他的见证。那也就是说：如果在卫得堡的教堂里演斯·格洛布是孤立无援的话，就并不是他的过错了。他忠实的勇士们都不愿意离开他，并勇敢的跟着他走入深沉的水里去了。不幸的是他们之中有十个人全被水卷走了，只有奥拉夫·哈塞和两个年轻的人成功地到达了海的彼岸。但是他们还有五十多里路要走，这是一个漫长的过程。

这正是圣诞节之夜，已经是半夜过后了。风早已经停了。教堂里照得很亮敞。透过窗玻璃闪耀着的光焰，照射到荒地和草原上面。并且晨祷已经做完了；上帝的屋子里一片寂静，人们甚至可以听到融蜡滴到地上细微的声音。就在这时奥拉夫·哈塞到来了。

在大门口演斯·格洛布和他会见。“早安！我刚才已经和主教达成了一致的意见。”

“你真的要这样办了吗?”奥拉夫·哈塞说，“也许主教你不能活着离开这个教堂了!”

奥拉夫·哈塞并把剑从他的剑鞘里拔出来了，向教堂的那扇门——演斯·格洛布刚才匆忙关上的——狠狠地捅了一剑，一下就把它划成两半。

“亲爱的兄弟，请住手！请先听听我们所达成的协议吧！我已经把主教和他的武士们都刺死了。在这问题上他们再也没有什么话可说了。我也不会再谈我母亲所受的所有冤屈了。”

祭台上的蜡烛正亮得发红，不过地上更亮得发红。他和主教被砍碎了脑袋，以及他的一群武士们都静静的躺在血泊里。这个神圣的圣诞之夜是非常宁静的，现在更是没有一点声音了。

三天以后，波尔格龙的修道院敲起了悲伤的丧钟。那位被害的主教和被刺死的武士们，都被一一摆在一个黝黑的华盖下面，周围放着黑纱裹着一圈的烛台。因为死者曾经一度是一个威武的主人啊！现在则可怜地穿着银丝锈的衣服躺着；他的手握着十字杖，虽然已经没有丝毫的权力了。僧众们在唱着歌，香烟在缭绕着。歌声凄凉的像哭诉——像定罪和忿怒的判决词。风唱着它，风托着它，向全国飞去，好让大家都能听见。不过歌声有时会沉静一会儿，但是它却永远不会消失。因为它总会再升起来的，唱着它的歌，乃至一直唱到我们现在所在的这个时代，唱着有关于波尔格龙的主教和厉害的亲族们的故事。惊恐了的庄稼汉，赶着车子在黑夜中走过那个波尔格龙修道院旁边阴郁的沙路时，听到了这个歌声。就连躺在那个波尔格龙厚墙围着的房间里的失眠的人们也听到了这个歌声，因为它总是在通向教堂里的，能发出回音的长廊里盘旋环绕着。教堂的门早已用厚重的砖封闭了起来，但是在迷信者的眼中它是开放着的。它仍然是在那儿，在他们看来，而且仍然是开着的，亮光仍然在那些黄铜做的烛台上燃烧着，香烟依旧在上扬、消散，教堂仍然在射出古时耀眼的光彩，僧众仍然在对那位穿着黑色的、银丝绣的衣服，手拿着失去了威权的十字杖、被人刺死了的主教念着弥撒。他那骄傲和惨白的前额上一块赤红色的伤口，就像火似地射出光来——光上面燃着罪恶的欲望和一颗世俗的心……

你，古时的可怕的幻影！坠到永远的坟墓里去吧，坠到遗忘和黑夜中去吧！

请听在那波涛汹涌的海上狂暴的、呼啸着的风吧！外边凶猛的一阵暴风雨，仿佛正要吞噬人的生命！海，在这个新的时代里并没有改变它的思想。黑夜无非就是一个轻易吞噬生命的血口。至于明天呢，也许它是一双能够照出所有明亮的眼睛——也像我们已经埋葬在那个遥远的时代里一样甜甜地睡去吧，如果你能睡着的话！

而现在是早晨了。

新的时代把太阳光送进房间里来。但是风仍然在狂躁地吹着。有一条船不幸触礁的消息传来了——就像在那个远古的时代里一样传来了。

在洛根附近，在这天夜里，在那个有着红屋顶的小渔村里，从窗子里我们可以看见一条被搁浅了的船。由于它触到礁了，幸运的是一架放射器射出一条绳子到这船上来，形成一座联结陆地和这只破船的桥梁。在船上所有的人都被解救出来了，而且到达了陆地，可以在床上得到休养；今天他们全都被请到波尔格龙修道院里来。他们在温暖舒适的房间里受到了人们殷勤的招待，并看到了友善的面孔。大家用各自的民族语言向他们致敬。有人用钢琴奏出他们祖国的曲子。在这所有的一切还没结束以前，另外一根弦却震动起来了。它没有声音，但是充满了信心和格外洪亮。思想的波传到了遇难者的故国，报导着他们的救遇。他们所有的忧虑都消散了，他们在这天晚上，参加在波尔格龙宽敞的大厅里举办的舞会中跳舞。他们跳着波兰舞的步子和华尔兹舞，同时唱着新时代和丹麦的“英勇的步兵”的歌。

祝福你，新的时代！请你伴着夏天的熏风飞进城里来吧！把你的煦烂的阳光带进我们的思想和心里来吧！在你光明的画面上，让那些过去黑暗的、野蛮的时代的故事都被擦掉吧！

小宝宝的房间

爸爸、妈妈和兄弟姊妹们都看戏去了。只有干爸爸和小小的安娜在家里。

"既然这样我们也来看看戏吧!"干爸爸说,"而且马上就开始。"

"可是我们没有舞台呀,"小安娜说,"而且也没有人来演呢!我的那些老木偶不能演了,因为他们太令人讨厌了。我的新木偶又不能用,我怕把她漂亮的新衣服弄皱了。"

"只要一个人把自己的本领使出来,就可以演戏了,"干爸爸说,"那么现在我们来搭一个美丽的舞台吧。我们在这边放上一本书,再放上另一本,之后又加上这第三本,斜斜的成为一排。然后在另一边同样地放了三本——这样,我们就可以有侧面的布景了!你看那边的木匣子完全可以当做背景。如果我们可以把它的底朝外放的话。谁都可以看出来,这个舞台代表着一个房间!现在我们只缺少演员了!让我看看玩具匣子里还有些什么可用的东西!只要把每个人物安排好,就可以演戏了。只要一个角色配另一个角色,这样就成。哇!这是一只单手套,那是一个烟斗头。他们可以扮演女儿和父亲!"

"不过这只有两个人呀!"小安娜说,"我哥哥的旧马甲边还在这里,他可不可以也参加我们的演出呢?"

"他倒是很宽大呐,"干爸爸说,"那么我们就让他演恋人这个有趣的角色吧。他的衣袋里居然什么东西也没有——这倒是一件十分有趣的事情,因为恋人的不幸一半是因为衣袋里太空的缘故呀!看看这是什么!一个硬果钳的长统靴，上面还有坚硬的踢马刺呢！得得，达达，砰！他不是跺脚，就是大摇大摆地走路。就让他代表一个不受大家欢迎的求婚者吧，因为小姐可并不喜欢他。你觉得我们适合演哪一种戏呢？家庭剧呢，还是悲剧？”

“我们来演一个家庭剧吧！”小安娜说，“因为大家都喜欢这种戏。干爸爸你能演一曲吗？”

“我可以演一百曲！”干爸爸笑着说，“最好看的要算经过改编的法国戏，不过小女孩子不适合看这种戏的。我们当然也可以选一曲最适宜的戏，因为这些戏内容都是差不多的。现在我把袋子摇一摇！撒——撒！崭新的！我们变出一出——崭新的戏！来请听节目单吧。”

干爸爸拿出一张报纸，假装他是念着上面的字一样：

烟斗头和‘好头’

——独幕家庭剧

登场人物

烟斗先生：父亲

马甲先生：恋人

手套小姐：女儿

靴子先生：求婚者

“那么现在我们要开始了！幕启：由于我们没有幕，所以就当它已经‘启’了吧。哈，一切人物都已经在场，所以我们就当他们‘登场’了吧。现在我代表烟斗头爸爸开始讲话。他今天的脾气不是很好。人们一看就知道原因，他是一个五彩的海泡石。

“‘嗨，哎哎哟，我是这家的主人！我是我女儿的爸爸！请您认真听我讲的话！在冯·靴子先生身上，你甚至可以照出你自己的面貌。他的上部是鞣皮，他的下部有坚硬的踢马刺。嗨，哎哎哟！他要娶我美丽的女儿做太太！’

“小安娜，请让我们现在听听马甲所讲的话吧，”干爸爸说，“现在马甲开始讲话了。马甲有一个新的朝下翻的领子，所以他有着非常谦虚的性格。但是他知道他自己的价值，同时也有权利讲他所要讲的话：

"'我身上连一点污点也没有！良好的质地本就应该引起人们的重视。我是真丝做的，而且身上还有漂亮的带子。'

"'只有结婚的那天是这样，但是不能持久。你的颜色一洗就会马上褪了！'这是烟斗头先生在讲话。'冯·靴子先生水浸不透，有坚韧的皮，但同时又非常柔软。他能发出"咯咯"的声音，踢马刺还能发出"铿锵"的声调。他有意大利那种英俊的相貌。'"

"但是他们应该用诗讲话才对呀！"小安娜说，"因为只有这样才能算是美丽的讲法啊。"

"这样也是可以的！"干爸爸说，"观众要求怎样去讲，演员就得怎样讲！接下来请看小小的手套姑娘吧，请看她翘着手指的那副样儿吧：

一个手套没有配偶，
只好天天坐着等侯！
哎！
这真叫我忍受不了，
我想我的皮要裂掉——
嗨！

"注意了，最后这个'嗨'是烟斗头爸爸讲出来的。现在又轮到马甲先生讲了：

亲爱的手套姑娘呀！
固然你来自西班牙，
你还是应该嫁给我！
这是丹麦人荷尔格的话。

“冯·靴子先生昂首阔步地走进来了，故意把他的踢马刺弄得‘琅琅’地响，一脚便把那三个侧面背景踢翻了。”

“这真是有意思极了！”小安娜说。

“不要作声！千万不要作声！”干爸爸说，“即使赞赏他不发出任何声音，说明你是坐在头等席中并且是有教养的看客。现在手套小姐要用她的颤音唱一曲伟大的歌了：

我讲不出一个道理，
只好学做鸡啼：
喔喔喔——在高大的客厅里！

“小安娜，现在最动人的场面要开演了！这是整部戏中最重要的一段了。你看，马甲先生解开扣子了，他要面对着你作一番深情的道白，好叫你为他鼓掌。但是请你不要理会他——因为这才是极文雅的表示。听吧，你听他绸子所发出的动人的声音：

“请你当心！你逼得我走向极端！现在请看我的方法吧！我是一个“好头”，你是一个烟斗头——呸，滚蛋吧！’

“小安娜，你看到了没有？”干爸爸说，“这是最好玩的一幕喜剧：马甲先生一把就抓住了这个老烟斗头，并把它塞进自己的袋里去了。老烟斗头待在那里面，于是马甲就说：

“‘现在你在我的衣袋里，在我的深口袋里！别妄想了，你永远也跑不出来的，除非你答应我把你的女儿——优雅的左手的手套小姐——给我当太太。现在我伸出我的右手来了！’”

“这真是可爱极了！”小安娜说。

接着老烟斗头回答说：

我的头脑很混乱!

不像以前那样新鲜。

我的好心情忽然不见,

我觉得我失去了烟杆。

嗨,我过去从来不是这样——

心里怎么会变得这样慌张?

啊,请把我的头

从你袋里取出来,

你只可以在这时候

跟我的女儿恋爱!

“戏难道已经演完了吗?”小安娜问。

“不要着急还早得很呢!”干爸爸说,“只是靴子先生这个角色演完了。现在这对情人一起跪下来。其中有一位唱道:

爸爸!

“另一位又唱:

请把您的头脑理一理,

来祝福你的女儿和女婿。

“他们结了婚,他们得到了父母的祝幅。现在所有的家具都合唱起来:

叮叮!当当!

多谢各位!

戏已经终！

“最后我们来鼓掌吧！”干爸爸说，“我们来请他们谢幕吧——也请这些家具一起来谢幕吧，因为他们都是用桃花心木做的呀！”

“我们的戏是不是跟那些在真舞台上演出的一样好?”

“我们的戏演的多出色！”干爸爸说，“它并不长，而且不用花钱就可以看到，同时还可以把吃茶以前的那段时间很快的消磨过去。”

金黄的宝贝

鼓手的妻子有一天到教堂里去了。她看见在新的祭坛上有许多雕刻的安琪儿和画像；那些在布上套着夺目颜色的罩着光圈的像是那么的美，那些上着色和镀了金的木雕像也是无与伦比的美。他们的头发像太阳光和金子般发出耀眼的色彩，非常可爱。不过上帝的阳光比那还要可爱些。当太阳落下的时候，它在苍郁的树林中照着，显得更红，更亮。能够直接看到上帝的面孔是非常幸福的一件事。她直接望着这个红彤彤的太阳，于是陷入沉沉的深思里去，每当想起鹳鸟将会把那个小家伙送来的时候。鼓手的妻子就变得非常兴奋起来。她看了一遍又一遍，诚心祈祷她的小孩也能带来这种光辉，最差也要像祭台上那其中一个发着光的安琪儿。

当她真正把手里抱着的一个可爱的小孩子举向爸爸的时候，孩子的样子真是像极了教堂里的一个安琪儿。他长着一头纯正的金发——就像落日的光辉真的洒落在他头上一样。

“我金黄的宝贝，我的太阳，我的财富！”母亲说。于是她吻了吻他闪亮的卷发。她的吻像鼓手房中的歌声和音乐；这里面有生命，有快乐，有动作。鼓手于是敲了一阵鼓———阵快快之鼓。这只鼓——这只火警鼓——就说：

“红头发！看那小家伙长了一头红头发！请大家相信鼓儿的皮，千万不要相信妈妈所讲的话吧！咚——隆咚，隆咚！”

整个城里的人变得如火警鼓一样，讲着这样的话。

这个孩子被带到教堂里去了；这个孩子受到了洗礼。关于他的名字，没有什么话可以说；他叫彼得。全城的人，就连这个鼓儿，都叫他“鼓手的那个红头发孩子彼得。”然而他的母亲依旧吻着他的红头发，但把他叫金黄的宝贝。

在那粘土的斜坡上，在那高低不平的路上，许多人刻上自己的名字，作为纪念。

“扬名是一件十分有意义的事情!”鼓手说。于是他就把自己的名字和小儿子的名字也都刻下来了。

燕子飞来了；它们在辛苦的长途旅行中看到更耐久的字刻在印度庙宇的墙上，刻在石壁上：强大帝王的那些丰功伟绩，不朽的名字——它们是多么古老，以至现在谁也认不清了，也无法把它们念出来。

真是永垂千古！声名赫赫!

在路上的洞里燕子筑了个巢，并在斜坡上挖出一些洞口。薄雾和阵雨徐徐降下来，把那些名字洗掉了。鼓手和他小儿子的名字也都被洗掉了。

“可是彼得的名字却保留住了一年半啊!”父亲说。

“傻瓜!”那个火警鼓心中想；不过它只是说：“咚，隆咚咚，咚，咚!”

“这个鼓手的红头发的儿子”是一个充满了快乐和生命力的孩子。他有一个动听的声音；他的歌，唱得和森林里的鸟儿一样好；似乎他的声音里有一种调子，但又好像没有调子。

“我想他可以成为一个圣诗班孩子中的一员!”妈妈说，“他可以站在像他一样美丽的安琪儿下面，在教堂里唱着神圣的歌!”

“简直就是长着红毛的一只猫!”城里一些幽默人物嘲讽地说。鼓儿从邻家的主妇那里听到了这句气愤的话。

“彼得，不要回到家里去了吧!”街上的野孩子冲他叫喊着，“如果你睡在你家的顶楼上，屋顶一定会起火的，火警鼓也就会敲起火警了，哈哈。”

“那请你当心鼓槌!”彼得说。

虽然他的年纪还很小，但他向前勇敢地扑去，并用他没多大劲的拳头向离他最近的一个野孩子的肚皮上狠狠的顶了一下，使这家伙站不稳，倒了下来了。别的孩子们看到这情况后就飞快地逃掉。

城里的乐师是一个有名望和非常文雅的人，他是皇家一个管银器人的儿子。他非常喜爱彼得。有时还把他带到家里去玩耍，教他学习拉小提琴。仿佛整个的艺术就是生长在这孩子纤细的手指上。他希望做大一点的事情就是比鼓手大——他希望成为城里有名的乐师。

“我想当一个英勇的士兵！”彼得说。因为此时他还只不过是一个很小的孩子；他好像觉得世界上最美的事情就是背着一杆枪，开步走；“一、二！一、二！”同时挂一把剑和穿一套制服。

“啊，你应该学会听鼓皮的话！咚，隆咚，咚，咚！”鼓儿说。

“是的，我只希望他能一步登天，升为至高无上的将军！”爸爸说，“不过，要达到这个目的之前，那就非得有战争不可！”

“愿上帝阻止它吧！”妈妈说。

“可是我们并不会因为这个有什么损失呀！”爸爸说。

“会的，我们将损失我们的孩子！”她凄凉地说。

“不过如果他回来时是一个将军呀！”爸爸说。

“如果回来没有腿，没有手！”妈妈说，“我情愿他还是我完整的金黄的宝贝。”

隆咚！隆咚！隆咚！战争起来了。火警鼓也响起来了。士兵们都出发了，鼓手的儿子也跟他们一道出发了。“红头发，我的金黄的宝贝！”妈妈嚎啕大哭起来。爸爸在梦中看到儿子“成名”了。城里的乐师们都认为他不应该去参战的，而应该待在家里学习美妙的音乐。

“红头发！”士兵们喊着，彼得笑了。不过他们还有些人管他叫“狐狸皮”，这时他就会紧咬着牙齿，并把眼睛转向别处望一望那个宽广的世界，他不想去理会这种讥讽的话句。

这孩子有勇敢的性格，非常活泼，并且有幽默感。一些比他年长的弟兄们都说，这些特点是行军途中的最有效的“水壶”。

每天晚上，他得睡在广阔的星空下，衣服被露和雨打得湿透了。不过他的幽默感却并没有因此而消散。用鼓槌敲着说：“咚，隆咚，大家起床了呀！”是的，他生来就像是一个鼓手。

这是一个激烈战斗的日子。尽管太阳还没有出来，不过晨曦已经出现了，空气虽然很冷，但是战争很惨到。空中弥漫着一层雾，但是火药气比雾还要浓重。炮弹和枪弹飞过脑袋，或穿过脑袋，穿过四肢和身体。但是大家仍然不懈地向前进。他们有的太阳穴流着血，倒下来了，面孔像粉笔一样惨白惨白。真是惨烈极了，这个小小的鼓手却仍然保持着他健康的肤色，他没有受任何伤害。他带着愉快的哭容观望着团部的那只小狗儿——它一直在他面前跳，似乎高兴的不得了，好像一切消遣都是因为它的而存在，就连那所有的枪弹都是为了它一时觉得好玩才飞来飞去一样。

前进！冲！冲！这是鼓儿所接到的上级的命令，而这命令是绝不可能收回的。然而人们可以后退，而且有时这样做可能还是聪明的举动呢。事实上确实就有人喊：“后退！”所以当我们那小小的鼓手在敲着“前进！冲！”的时候，他知道这是命令，而士兵们都是必须无条件服从这个鼓声的。这是一阵很好的鼓声，也是走向胜利的一个号召，虽然士兵们早已经支持不住了。

这一阵鼓声使许多人丧失了肢体和生命。炮弹把他们的血肉炸成碎片。甚至炮弹把草堆也烧掉了——伤兵们本来可以拖着艰难的步子到那儿躺几个钟头缓和一下，这样也许就在那儿躺一生了。想这件事情又有什么用呢？但是人们却不得不这样想，哪怕那些住在离此很远的和平城市里的人们也不得不想。那个鼓手和他妻子也在想这件事情，因为他们的儿子彼得正在作战。

“我听厌了这种牢骚！”火警鼓说。

现在又是一个作战的日子。太阳依旧还没有升起来，但是已经是早晨了。鼓手和他的妻子正在沉睡——他们几乎一夜没有阖上眼了。他们谈论着他们可爱的孩子，他们“在上帝手中”在战场上的孩子。父亲做了一个美好的梦，梦见战争已经结束了，士兵们都回到家里来，彼得胸前还挂着一个银十字勋章呢。不过母亲梦见的完全不同。她到教堂里面去了，又再次看到了那些精美的画像，那些雕刻着的、金发的安琪儿，她还看到了她亲生儿子——她心爱的金黄的宝贝——也站在一群穿白衣服的安琪儿之间，唱着只有安琪儿才能听得懂和唱得出的美妙的歌。不一会儿他跟他们一块儿向太阳飞去，并转过头和善地对妈妈点着头。

“我的金黄的宝贝！”她惊恐地大叫了一声从梦中醒来。“我们的上帝把他就这样接走了！”她无措地说。于是她合起双手，把头藏在床上的布帏幔里，压抑地哭了起来。“他现在到底在什么地方安息了呢？难道在人们为许多死者所挖的那个十分深的大坑里面吗？也许他还躺在沼泽地的水里吧！我们谁也不知道他的坟墓在哪里，谁也不曾在他的坟墓上念过祷告！”于是她的嘴就隐隐地念出主祷文来。她是那么困倦，她垂下头来，于是便又深沉地睡过去了。

日子在梦里，在生活中，一天一天地过去了！

这正是一个黄昏时分。战场上突然出现了一道绚丽的长虹——它挂在那低洼沼泽地和森林之间。有一个传说，在民间信仰中流行着：凡是长虹所接触到的地面，它底下必定埋藏着宝贝——金黄的宝贝。现在这儿也有了一件这样的宝贝。除了他的亲生母亲外，谁都从没有想到这位小小的鼓手。她于是梦见了他。

日子在梦里，在生活中，一天一天地过去了！

他头上甚至没有一根头发——一根金黄色的头发——受到过损伤。

“隆咚咚！他来了！隆咚咚！他来了！”鼓儿可能这样说，如果妈妈梦见他或看见他的话，也可能这样唱着。

在歌声和欢呼中，戴着胜利的红色花大家终于回家了，因为战争结束了，和平已经到来了。团部的那只小狗在大家面前又团团地跳着舞，就像是要把路程弄得比原来它要长三倍一样。

许多许多星期、日子过去了。彼得走进爸爸和妈妈的房间里。像一个野人一样，他变成了棕色。他的眼睛放着亮光，他的面孔能像太阳一样射出光来。妈妈激动地把他抱在怀里，吻他的眼睛、吻他的嘴唇、吻他那红头发。因为她重新获得了她的孩子。虽然他并不像爸爸在梦中所见到的那样，胸前挂着银质十字章，但至少他的四肢完整不曾有损伤——这正是妈妈不曾梦到过的。他们欢天喜地，他们哭，他们笑。彼得拥抱着那个古老的火警鼓。

“这个老杇居然还在这儿没有动!”他说。

于是父亲就在它上面敲了有好一阵子。

“这倒好像发了大火呢!”火警鼓说，“心里烧起了火！屋顶上烧起了火！烧呀！金黄的宝贝！烧呀！烧呀!”

后来怎样呢？后来到底怎样了呢？——还是请问这城里的乐师吧。

“彼得已经长得比鼓还要大了，”他说，“彼得要比我还大了。”当然他是那个皇家银器保管人的儿子啦。不过他花了近乎一生的时间所学到的东西，彼得半年就学到了。

他具有某种勇敢的、某种真正善良的气质。他的头发闪着光辉，他的眼睛也闪着光辉——谁也不能否定这一点!

“我觉得他应该把他的头发染一染才好!”一位邻屋的主妇说，“警察的那位小姐也这样做过，你看，她的结局是多么好：她立刻就有人订婚了。”

“不寻常的是她的头发马上就变得像青浮草一样鲜绿，所以她得经常染它!”

“不过她有的是钱呀，”邻居的主妇说，“彼得也可以这样办到。他和一些有高贵名望的家庭来往着——他甚至还认识市长，因为他教市长的女儿——洛蒂小姐弹钢琴呢。

他居然还能弹钢琴！他能弹最美丽的、从他的心里涌出来的，还没有在纸上写出过的音乐。他在黑暗的白天弹，也在明朗的夜里弹。火警鼓和邻居们说：这真是叫人吃不消！

他弹着，一直弹到把他的思想全部弄得沸腾起来。扩展成为未来的一个计划："成名！"

市长先生的洛蒂小姐坐在钢琴旁边。她美丽纤细的手指在按键上来回跳跃着，在彼得的心里引起一片一片的回声。这几乎超过他心里所有的容量。当然这种情形已经不只发生过一次了，而是发生过许多次！最后有一天他终于忍不住捉住那只漂亮的手和那些纤细的手指，在它们上面轻轻地吻了一下，同时向她那对棕色的大眼睛里面望去。因为只有上帝知道他将要说什么话。不过我们可以猜猜看。洛蒂小姐的脸一下子就红起来，一直红到脖子和肩上，她低着头，害羞的一句话也不回答。随后有些不认识的客人走到她房间里来，其中之一是政府高级顾问官的少爷——他有光亮的、高阔的前额，而且他的额抬得是那样高，就像马上要仰到颈后去了。彼得跟他们一起坐了很久，她用最温柔的眼睛一直望着他。

那天晚上他在家里谈起宽广的世界，谈起在他的提琴里所藏着的金黄宝贝。

成名啦！

"隆咚，隆咚，隆咚！"火警鼓说。因为"我想这屋子一定要起火。彼得完全失去了理智。"

第二天妈妈到市场上去了。

"彼得，我必须要告诉你一个消息！"她回到家来的时候说，"真是一个天大的好消息。高级顾问官的少爷跟市长先生的洛蒂小姐订婚了。这是昨天的事情了。"

"我不信！"彼得大声说，同时从椅子上蹬的一下跳起来，不过妈妈坚持说：这是真的。她是从理发师的太太那儿听说来的，而理发师又是听见市长亲口说的。

彼得的脸突然变得像死尸一样地苍白，过了一会儿又坐了下来。

“我的天老爷！你这是为什么啊?”妈妈问。

“好，好，请你不要再管我啦!”他说着，同时眼泪沿着他的脸上流下来。

“我的金黄宝贝，我亲爱的孩子!”妈妈说，一边哭起来。不过火警鼓儿唱着——但是它没有唱出声音，是在心里面唱。

“洛蒂死了！洛蒂死了!”现在这支歌也完了!

然而所有的歌并没有完。它里面还有许多词儿，许多很长很长的词儿，许多最动听的词儿——生命中的金黄的宝贝。

“她简直像一个疯子一样!”邻家的主妇说，“大家要来看她从她的金黄宝贝所接收到的信啊，要来读报纸上所有关于他和他的提琴的记载嘛。他还寄钱给她——当然因为她很需要，她现在是一个寡妇。”

“他为国王和皇帝演奏!”城里的乐师说，“我从来没有这样的幸运过。然而他是我的学生，他一定不会忘记他的老师的。”

“你爸爸曾经做过这样的梦，”妈妈说，“他梦见彼得从战场上戴着银十字章回来。虽然他在战争中没有得到它，这比在战场上更艰难。他现在终于得到了荣誉的十字勋章。要是爸爸仍然活着，看到它该是多好啊!”

“成名了！成名了!”火警鼓说，城里的人也都这样说着，因为那个红头发的鼓手的儿子彼得——他们亲眼看到他小时候拖着一双木鞋跑来跑去的，到了后来又作为一个鼓手为跳舞的人奏乐的彼得——现在终于成名了!

“在他没有为国王拉琴之前，他早已经为我们拉过了!”市长太太说，“那个时候的他十分喜欢我的洛蒂。他一直是很有抱负的。那时他是既荒唐，又大胆！我丈夫听到这件傻事的时候，曾经还大笑过！现在我们洛蒂是一个高级顾问官的夫人了!”

这个穷人家的孩子的心灵里，藏着一个金黄的宝贝——他，作为一个小小的鼓手，曾经敲起：“前进！冲!”对于那些想要撤退的人来说，这是一阵胜利的鼓声。他的心中有一个金黄的宝贝——那就是声音的力量。这种力量在他的提琴上完全爆发，似乎它里面有一个完整的风琴，就好像仲夏夜的小精灵在它的弦上跳舞似的。在它里面人们听出人类的清亮声音和画眉的歌声。因此它使得每一颗心狂喜，这些使得他的名字在整个国家里快速的流传开来。这是一个伟大的火炬——一个的使人沸腾的火炬。

“他真是可爱极了！”少妇们说，老太太们也这样说着。她们之中最老的一位妇人甚至弄来了一本收藏名人头发的纪念簿，其目的完全是因为想要向这位著名的年轻提琴家求得一小绺他那种美丽而丰茂的头发——那个宝贝，那个金黄的宝贝。

儿子回到鼓手的那个简陋的粗糙的房间里来了，他英俊得像一位王子，快乐得像一个国王。他的面孔像太阳，他的眼睛是明亮的。他双手紧抱着他的母亲。她亲吻着他柔软的嘴唇，哭得像任何在快乐中哭泣的人一样。他对着房间里的每件旧家具点头，对装花瓶和茶碗的碗柜也点了点头。他还对那张睡椅点头——他小时曾在那上面睡了很久。不过他最后把那个古老的火警鼓拖到屋子的中央，同时对妈妈和火警鼓说：

“在今天这样欢快的场合，爸爸在时可能会敲一阵子的！现在得由我来敲了！”

于是他就在鼓上敲起一阵雷吼般的鼓声。鼓儿感到是多么的荣幸，就连它上面的羊皮高兴得都裂开来了。

“他真是一个击鼓的神手啊！”鼓儿说，“我将一辈子也不会忘记他。我想，他的母亲也会因为这个宝贝而愉快得笑破肚皮。”

这就是那个金黄的宝贝的所有的故事。

风暴把招牌换了

很久很久以前，外祖父还是一个很小的孩子，他那时穿着一件红上衣和一条红裤子，腰间缠着一条带子，帽子上还插着一根羽毛——因为在他小的时候，如果孩子们想要穿得漂亮，他们就得是这种打扮，当然这种打扮跟现在完全不同了。常常有人在街上游行——这种游行我们现在早已经看不到了，因为它们太破旧，早被废除了。虽然如此，让我们听听外祖父讲讲有关于游行的故事吧，还是蛮有趣的。

在那个时候，当鞋匠们想要转到另一个同业公会去而必须要迁移他们招牌的时候，的确那是值得一看的一个壮大的场面。他们的绸旗子在迎风飘荡，旗子上绘着一个双头鹰和一只大鞋子。顶小的伙计们捧着公会的箱子和那个“欢迎杯”，他们的衬衫上飘着白的和红的缎带。年长的伙计们则拿着他们拔出的剑，有趣的是剑头上插着一个柠檬。此外，甚至还有一个完整的乐队。他们最漂亮的一件乐器是那件叫做“鸟”的东西。外祖父把它叫做“有一个新月在顶上，上面挂着各种当当叮叮的东西的棍子”——全套的土耳其音乐。这根棍子被人高高地举在空中，前后摇晃着，发出响亮的叮叮当当的声音来。当太阳照在它上面那些黄铜和金、银做的东西的时候，你的眼睛就会被照得花起来。

行列的前面走着的是一个丑角。他穿着一件用各种不同颜色的布缝在一起的衣服，头上戴着许多铃铛，脸上抹得漆黑，就像一匹拉雪橇的马一样。他把他的棒子忽地捅到人群中去，弄出一片嘈杂的呼喊声而又不伤人。大家我挤你推，有的要向前涌，有的要向后退。站都站不稳，有的甚至倒到沟里去了。老太太们板起面孔，用手肘乱推，还要骂人。这个人大笑，那个人又闲扯。台阶上是人，窗子上也都是人，就连屋顶上都是人。太阳明媚的照着，即使下了一丁点小雨——这对于农民来说是很好的事情。如果说大家全身打得透湿，乡下人倒要认为这是一件令他们高兴的喜事呢。

外祖父多么会讲故事啊！小时候的他，曾经兴高采烈地亲眼看过这种壮观的场面。同业公会最老的会员每次都要到台上一番演讲。台上挂着招牌，而且演讲辞词照例是韵文，宏韵的好像是由诗人做的诗一样——事实上，也确实是诗，因为它们是三个人集体创作，而他们为了要把这篇文章写的极好，事先还要喝一大碗混合酒呢。对这番演讲大家大大地喝采了一番。不过，当那位丑角像猴子一样敏捷地爬上台、模仿这位演说专家的时候，大家的喝采声就变得更大了。因为丑角把傻瓜的角色表演得那么精彩。他用盛烧酒的杯子喝着蜜酒。之后他就把杯子向群众中扔去，让众人们把它接住。外祖父曾经得到过这样一个杯子。它是一个泥水匠抢到手后送给他的。这样的场面真是有趣极了。这样，新同业公会就挂起了饰满绿色花圈和花朵的新会徽。

“不管一个人到了多大年纪，总是忘不掉这种场面的，”外祖父说。他也的确是忘记不了的，虽然在他一生中见过许多大场面，而且还都是可以讲出来的。不过最好玩的、说的最多的，是听他讲京城里迁移招牌的故事了。

小时候外祖父同他的爸爸妈妈到那儿去过一次。他以前一次都没有到自己国家的首都去过。街上挤满了人，他以为大家正在举行迁移招牌的仪式呢，而且这儿有那么多的招牌要迁移！他想如果把它们都挂在屋里而不挂在屋外的话，恐怕怎么也要有一百个房间才能都装得下。裁缝店门口挂着各种风格衣服的图样，表示他能把人改装成为细人或粗人。烟草店的招牌上画着一个可爱的小孩正在抽着雪茄烟，逼真的好像真事似的。有的招牌上画着咸鱼、牛油、棺材和牧师的衣领。除此外还有许多只是写着预告和说明的招牌。可以一个人在这些街上跑整一天，把这些图画看个够呀。这样他就可以知道住在这些屋子里的到底是什么人了，因为他们都已经把自己的招牌挂出来了。外祖父说，能够了解大城市里面的居民都是些什么身份，这本身就是有教育意义的。

当外祖父刚刚来到城里的时候，招牌的情况就是这样。这些事情是他亲口告诉我的，并且他"耳朵后面并没有骗子"——当他想欺骗我们的时候，妈妈时常说这一句话。他现在的样子确实看起来值得相信很多了。

他到京城去的第一天晚上，突然刮起了一阵可怕的风暴。像这样可怕的风暴，过去人们在报纸上还不曾读到过呐，人们在自己的经验中也从没有碰到过。屋顶的瓦片在天空中乱飞；所有的木栅栏都被吹倒了；是的，有一辆把手车为了要救自己的命，就在街上无拘无束的自由行动起来。空中充满了摇撼声，呼啸声。这真是一场严重的大风暴啊。运河里的水都涌到岸上来了，因为它也不知道自己应该跑到什么地方去才好。野蛮的风暴在扫过城市上空的时候，把许多家的烟囱都带走了。不少雄伟的、古老的教堂尖塔必须得弯下腰来，值得一说的是它们从那时起就再也没有直起过腰来。

在那位德高望重的消防队长的门口有一个哨房——因为这位队长总是跟着那架最后的救火机一起出勤。风暴对于这座小哨房也毫不留情面，它几乎把它连根拔起，吹到街上乱滚。说来也奇怪，它最后稳稳地站住了，立在一个卑微的木匠的房门口。在上次大会时这个木匠曾经救出三条命，但是这个哨房似乎却没有考虑这件事情。

一位剃头师傅的招牌——那是一个十足的大黄铜牌——也被吹走了。它快速的直接落到司法顾问官的窗洞里。邻近所有的人都笑着说，这几乎就算作恶作剧了，因为他们像顾问官最亲密的朋友一样，都把顾问官的夫人叫作"剃刀"。她是那么地尖锐，她知道别人的事情远比别人自己知道的还要多。

一个有干鳕鱼的招牌，飞到一位经常在报纸上写文章的人的屋门口。

这是狂躁的风儿开的一个近乎寒酸的玩笑了。它忘记了，它本不应该跟一个在报纸上写文章的人开玩笑的，因为他是自己报纸的大王——即使是他自己的意见也是这样的。

一只风信鸡在这时飞到对面的屋顶上去，并在那儿停下来了，像一件极糟糕的恶作剧——邻人们都是这样说。

一个箍桶匠的桶死死紧钉在“仕女服装店”的招牌底下。

一个饭馆的菜单，原本是挂在门上的，平稳的镶在一个粗架子里，现在被暴风吹到了一个谁也不再去的戏院门口。这搭配真是一个可笑的节目单——“包馅子的白菜和萝卜汤。”但是这却成功的招引人们再次走进戏院去。

一个皮毛商人的一张昂贵的狐狸皮——这是他最诚实的招牌——被吹到一个年轻人屋前的门铃绳上。这个年轻人的样子就像一把收着的伞那样的紧，他总是去做早祷，不停地追求真理。他就是一个“模范人物”——他的姑妈曾这么说。

“高等教育研究所”这几个字的招牌被搬到一个弹子俱乐部的门上，而研究所的大门上方却挂起了“这里用奶瓶养孩子”这个可笑的招牌。这一点也不高雅，只是俏皮。不过这些都是风暴做出来的事儿，谁也无法控制它。

这真是可怕的一夜啊。你想想看！在第二天早晨，人们看到几乎城里所有的招牌都被换了位置。有些地方的招牌上所写的字是那么的居心不良，就连外祖父有些都不好意思说出口。不过我可以明显看得出来，他在私下偷偷的发笑，很可能他还有些秘密是不愿意讲出来呢。

住这城里的那些可怜的人——特别是那些陌生人——一直找错了他们所要拜访的人。当然，如果他们按招牌去找的话，这也就无法避免了。有些人以为自己应该是去参加市参议院非常庄严的会议，并且在那儿讨论一些十分重要的事情，但结果他们却来到了学校，来到一群还在桌椅上乱跳乱蹦玩耍孩子中间。

有些人把教堂和戏院分不清。这可真是太可怕了！

在我们这个时代里，这样猛烈的风暴几乎一次都没有过。那只是在外祖父的生前——就在他还是一个小孩子的时候——发生过的。我想这样的风暴在我们这个新的时代里大概是再也不会发生的，不过可能在我们的孩子以后时代里发生。所以我们只好祈祷和希望：当风暴在掉换招牌的时候，他们恰好都幸运地待在家里没有出去。